今日も一歩も外に出なか

い一日だった。

さんが自分軸を作るまで

なおにゃん

KADOKAWA

はじめに

こんにちは
なおにゃんです
アイスは
いつ食べても
おいしいねー
SNSで
メンタルに関する
イラストを描いている
ぐうたらな人です
今でこそ自分の
メンタルについて
日々発信できて
いますが…
以前、会社勤めを
していたときは
人のことを
気にしすぎる性格と
え!?
あの人
ため息ついた?
どうしよう…
(汗)
(汗)
ハァ…
合わない
職場環境から
うつと適応障害を
発症してしまい
休みましょう
ガーン
at
心療内科
二度も
休職してしまった
経験があります
ズーーン…
つらい
つらい…
人生
終わった…

その後、うつは寛解《かんかい》したものの
人と会って話すと疲れてしまう…
ドキドキ…
なんでこんなに生きづらいんだろう…
そんな悩みを抱え、自分を否定しながら生きてきました
そんなあるとき友人が
なおにゃんってHSPだと思う〜
え、HSP？何それ？
その言葉を聞いてHSPに関する本を読んでみたら
HSP＝Highly Sensitive Person
＝とても敏感で傷つきやすい人
まるで自分のことだ…
それから自分のうつやHSPに関することをSNSで発信していたら
Twitter（現X）
なおにゃん
@naonyan_naonyan
たくさんの人とつながることができました

日常にも少しだけ変化がありました
本を出すことができたり
トークイベントをやらせてもらったり
じゃあ前より生きやすくなったかというと…
…やっぱりそうとは言い切れなくて…
うーん…
SNSでの発信を続けていく上で心が疲れてしまったり
また一人嫌われた…
秘密にしていたSNSのアカウントが家族にバレてしまったり
大丈夫なの？
親バレした…
ごめんなさい…
以前とは違った種類の生きづらさを感じる場面も増えたように思います
やっぱり生きることって難しい…
…でも

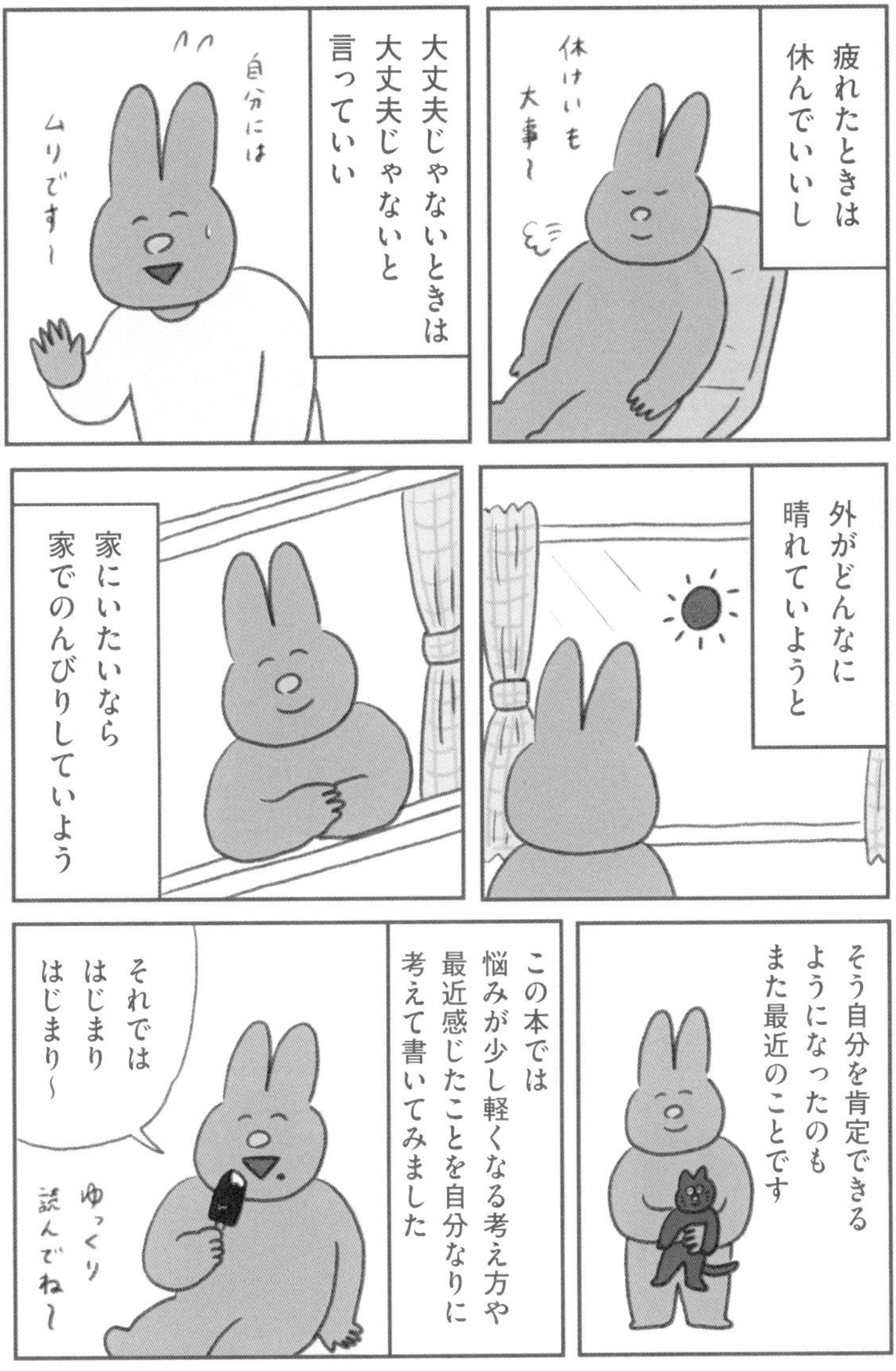
疲れたときは
休んでいいし
休けいも大事〜
大丈夫じゃないときは
大丈夫じゃないと
言っていい
自分には
ムリです〜
外がどんなに
晴れていようと
家にいたいなら
家でのんびりしていよう
そう自分を肯定できる
ようになったのも
また最近のことです
この本では
悩みが少し軽くなる考え方や
最近感じたことを自分なりに
考えて書いてみました
それでは
はじまり
はじまり〜
ゆっくり
読んでね〜

もくじ

登場キャラクター

【わんこ先生】
精神科医の
益田裕介先生。

【メンタル強者ねこ】
うさぎの悩みをよく聞いて
くれる友達。超ポジティブ。

【低空飛行うさぎ】
HSPでコミュ障な
なおにゃんの分身。

文・イラスト・漫画／なおにゃん
デザイン／APRON
HSP監修／益田裕介（早稲田メンタルクリニック院長）
DTP／茂呂田剛（エムアンドケイ）
校正／根津桂子　新居智子
編集／上村絵美　中野さなえ（KADOKAWA）

第1章

そんなに世間体を気にしなくてもいいのかも

迷惑をかけてしまうことを恐れすぎなくていい

毎年、４月頃になると新入社員の方から相談のＤＭをいただく。なかでも「失敗をしてしまって上司に迷惑をかけてしまった。怖くて会社に行けない」といった内容のものがとても多く、失敗の内容は人それぞれであるが、迷惑をかけてしまうことに対して、ものすごく恐れを抱いている人が多いんだなと感じる。自分もそうだったからよくわかる。

でも、歳を重ね、若い世代の人と仕事をするようになったからこそ気づいたのだが、自分が「迷惑をかけてしまった」と感じることは、相手にとってはそれほど「迷惑」でもなかったりする。失敗の大半が自分も過去にやらかしたことだったりするし、言わないだけで、もっと大きな失敗を過去にやっている上司だって、本当はたくさんいるはず。

最初は誰しも失敗するのは当たり前だし、そこで落ち込むよりも素直に報告したほうが、正直な人としてむしろ評価が上がるかもしれない。

私たちは子どもの頃から「人に迷惑をかけてはいけない」と教育されてきた。でも、厳しすぎるのもどうなのか。誰しも多かれ少なかれ、互いに迷惑をかけ合いながら生きているし、それに対して怒る人のほうが心が狭いような気もする。おびえて過ごすよりも、許容して補完し合う社会になったほうが、もっと生きやすくなるのではないだろうか……。

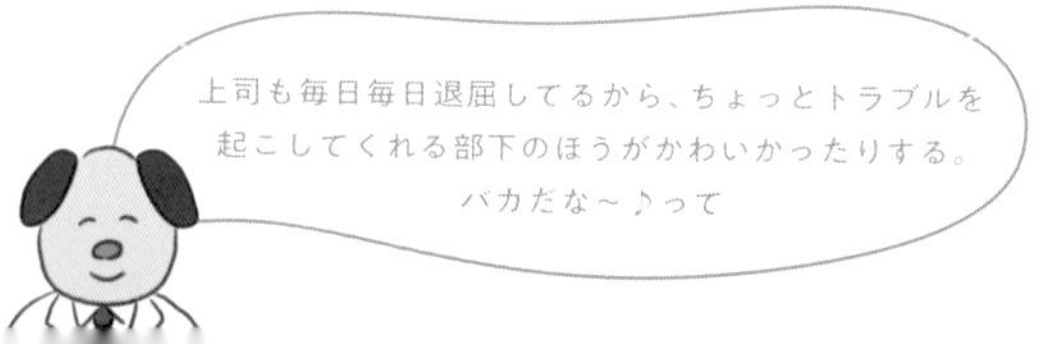

迷惑をかけちゃダメと
互いに疑心暗鬼になる
よりも
間違えたら
怒られる…
ギス
ギス
ひぃー
ピリ
ピリ

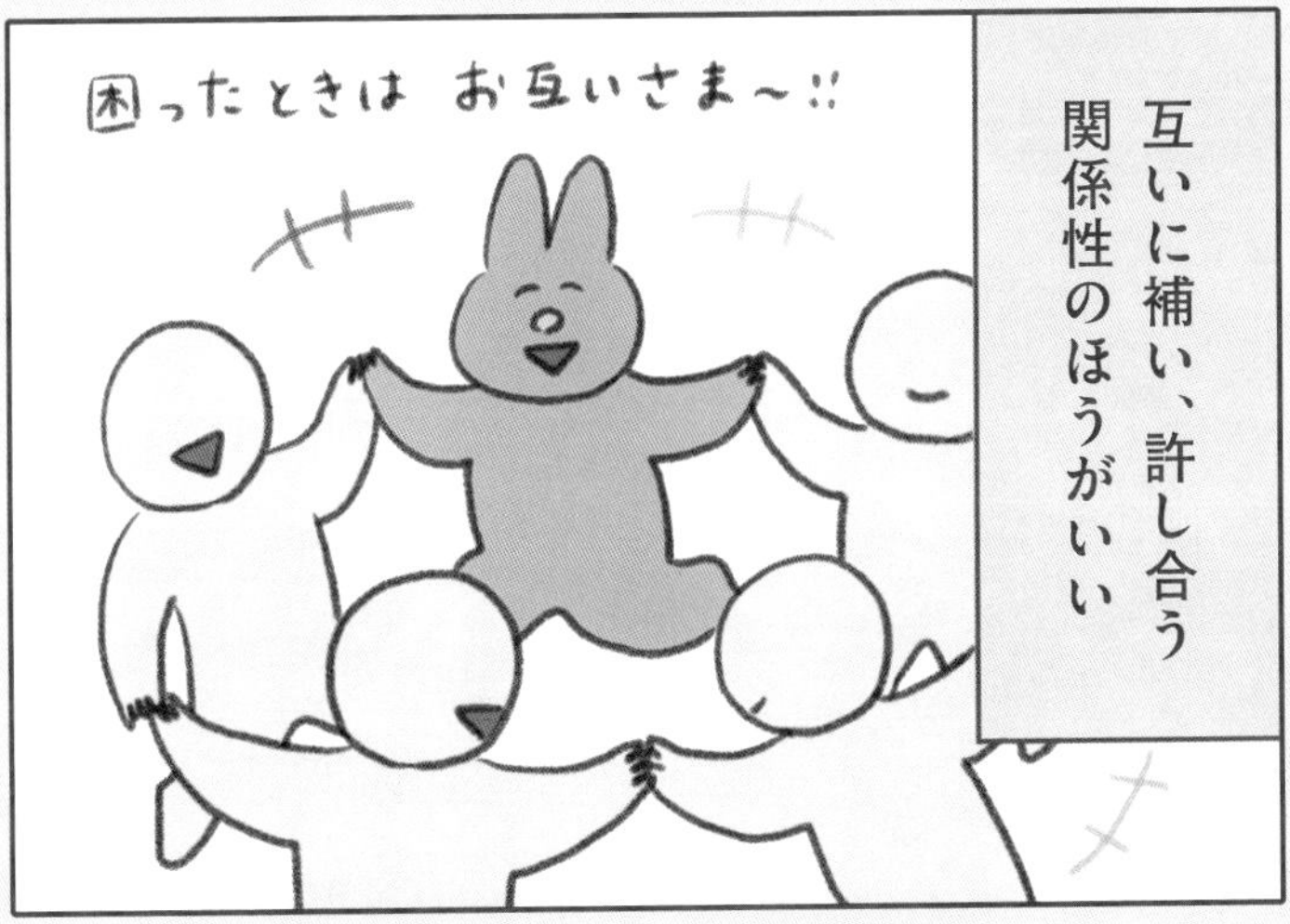
互いに補い、許し合う
関係性のほうがいい
困ったときは お互いさま～!!

無理に継続なんか しなくたっていい

「石の上にも三年」「継続は力なり」という言葉があるが、自分は年々、この言葉が嫌いになってきている。一度はじめたことはどんなに大変でも我慢して長く続けたほうがいいという考え方は、日本人の思想として根づいているように思うが、自分は「向いてないな」と感じたのなら、すぐにその場を離れたほうがいいんじゃないかと思っている。

自分は入社一年目でうつになり休職したとき、心のどこかで限界を感じていたものの、つらい環境であっても我慢しなければいけないと思っていた。でも復職しても、やはり合わない環境は合わないし、無理な人間関係は無理であった。結局、余計に心を病んで、会社を辞めることになってしまった。もっと早い段階で、自分には合わないと割り切れていたら、二度も休職することはなかったのではないかと今では思う。

「本当は合わない」「本当は辞めたい」と感じる心の声にフタをし続けると、結局いつか心に限界が来てしまう。過労により、自ら命を絶ってしまったという人のニュースを見るたび、胸が締め付けられる。

職場はひとつではない。長く続けることはもちろんすばらしいが、合わないと感じたときに、すぐに次へと切り替えられる決断力と、フットワークの軽さを持つことは、とても大切なことだと思っている。

転職が多い時代。
今辞めなくても、来年には
辞めているかも

継続することは
すばらしいが…
プルプル…
努力
忍耐
しんぼう…

すぐに切り替えて
離れる勇気を持つことも
すばらしい
やっぱムリ!!
次行こ、次～!!

「失敗」ってなんだろうと考えたときに

以前、イラストの仕事をしていたときに、自分が説明をよく読んでいなかったばかりに誤った表記をしてしまい、取引先に何度もやり直しをさせてしまった。納期には間に合ったが、自分の不注意のせいで迷惑をかけてしまい、「失敗してしまった……」と、とても落ち込んだ。

あまりに気持ちがへこんでいたので、友人に話を聞いてもらった。すると、友人は過去の経験を話してくれた。彼女も以前、仕事で大きなミスをして落ち込んでいたら、同僚がこんな言葉をかけてくれたらしい。

「それは失敗って言わないよ。だって、最終的に解決できたんでしょ。ミスったとしても、謝ったり、修正したりして、結果的にリカバリーできたなら、それは失敗じゃなくて、成功じゃん」

なるほどなと思った。要はどこに視点を置くかなのだ。仕事をミスった瞬間に着目したら「失敗」だが、仕事が終わった瞬間に着目したら「成功」である。どうせ同じ現象なら、失敗したと落ち込むよりは、いろいろあったけど、結果的に成功してよかったなという喜びを感じたい。

もちろん、ミスったことへの反省は必要だ。でも、視点をちょっとずらすだけで、最終的な解釈が幸にも不幸にも転じるのなら、自分にとってよかったと思える視点を、意識的に選択していきたいなと思った。

トライアンドエラーの
積み重ねも大事ですね

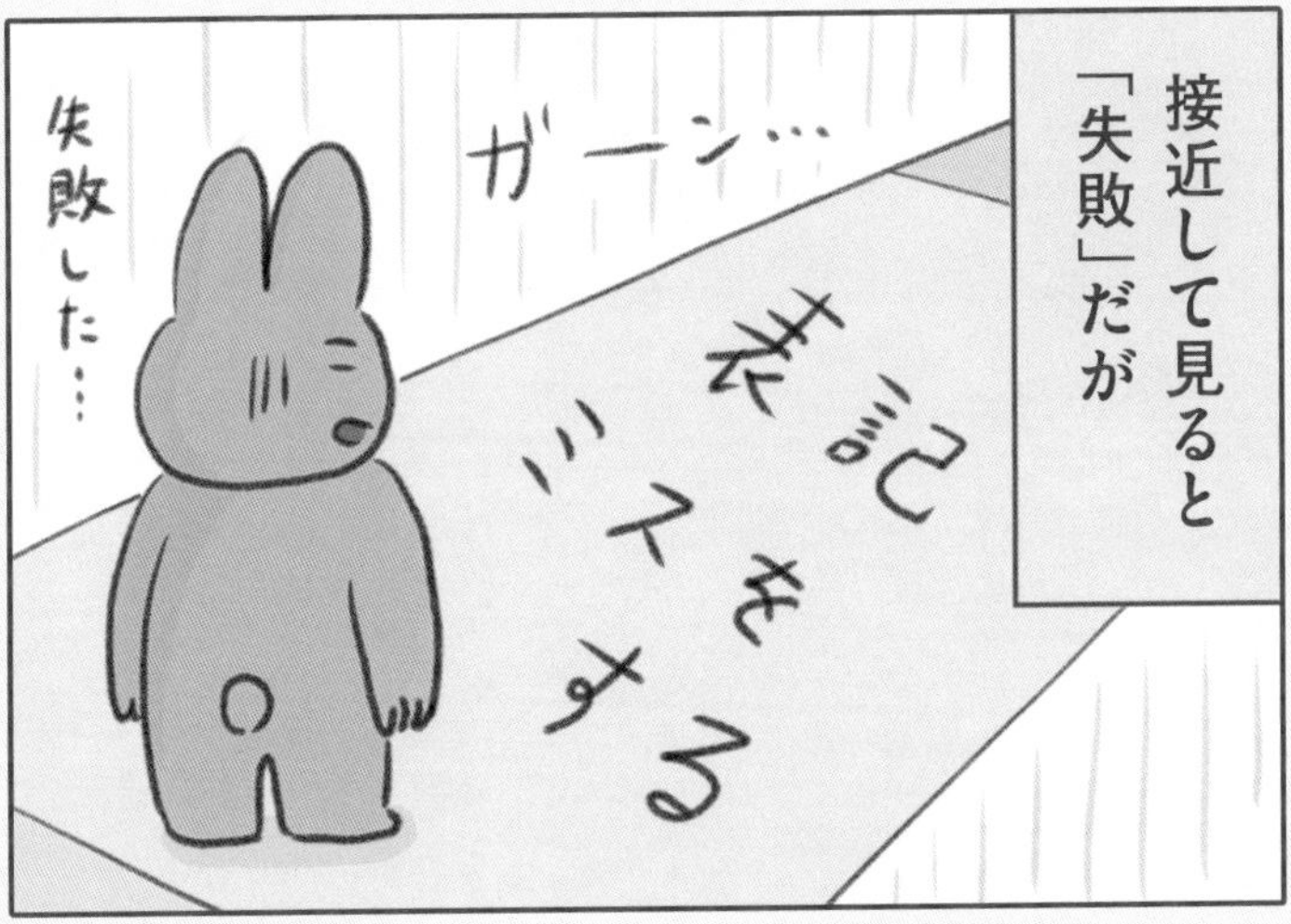
接近して見ると「失敗」だが
ガーン…
失敗した…
表記ミスをする

遠くから見ると「成功」になる
ヤッター!!
受注
イラストを描く
表記ミスをする
謝罪をする
スケジュールを調整する
完成!!
成功した…!!

自分の居場所は自分でつくれる

自分は新卒で入った会社を辞めてから、絵本の仕事をしていた。

正直なかなか売れないし、市場の小ささもあって、次の仕事も決まらずにいた。でも自分にはこれしかないと思って会社を辞めたので、ほかに何をすればいいのかわからず、「今日も仕事の連絡が来なかった……」と、時間をドブに捨てるような気持ちで毎日を過ごしていた。

ところが、「なおにゃん」としてツイッター（現X）をはじめたら、イラストの仕事をもらえるようになってきた。以前は絵本の仕事しかできないと思い込んでいた。でも、実際何が向いているかなんてやってみないとわからないし、もっと早くやってみればよかった、と今では思う。

特に現状がうまくいかず、行き詰まっているときは、これしかないと思い込まず、新しいことを試してみるのがいいと思う。なかでもＳＮＳという場所では、現実の自分とは違う別の「自分」になることができる。それも同時代に複数人。そして、アカウントの数だけ自分の居場所もチャンスもつくれるのだ。それってすごいことだとあらためて感じる。

人間、生きてさえいれば、何度だってやり直せる。リアルな世界だけが「現実」ではない。居場所はたくさんある。ひとつの場所に依存して苦しむのではなく、もっと気ままに、いろんな「自分」を持っていたい。

アイデンティティは
複数あるほうが
メンタル面では健康です

なおにゃんという
自分もいれば
メンタルのアカウント
絵本作家としての
自分もいる
別名義のアカウント
えほん
猫の飼い主という
自分もいれば
猫を見るアカウント
推しの尊さについて語るアカウント
K-POP
オタクの
自分もいる
いろんな
「自分」がいるし
みんな「自分」
居場所は複数
あったほうがいい

失敗したときこそ
あえて変わらない
姿勢を貫く

以前働いていた職場で、大失敗をしてしまった先輩がいた。それは、会社の大事な情報を誤って取引先にファックスしてしまい、取引先を大激怒させてしまうという、想像するだけで恐ろしいものであった。

社内では、緊急で重役会議が開かれ、先輩はこってり絞られたようだった。いつも明るく仕事熱心な先輩が、今回のことで責任を感じ、明日から会社に来られなくなってしまうんじゃないかなと心配した。

ところが、翌日、先輩は普通に会社に来た。しかも、いつもと変わらず淡々と仕事をしていた。部長を見たら、明らかに不機嫌そうな顔をしている。少しは反省した顔を見せたほうがいいのでは？と心配になった。

でも、やがて形勢は一変したのだ。時間が経つにつれて、先輩はあれだけ失敗しても飄々《ひょうひょう》としているすごいヤツとして、社内評価は逆に高くなった。「メンタルを見習いたい」と褒める人たちまで現れた。こんなことってあるんだなぁと、なんだか胸が熱くなった。

そりゃやらかした当初は、いろいろな嫌味を言われるだろう。でもあえていつもと変わらない姿勢を貫くことで、むしろ評価が一変することだってあるのだ。時間は多少かかるかもしれない。でも、そこでじっと待つと、時間が味方してくれることもあるのだと思った。

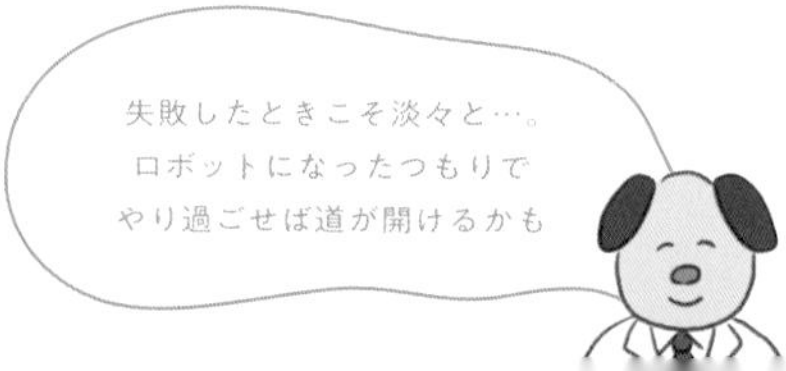
失敗したときこそ淡々と…。
ロボットになったつもりで
やり過ごせば道が開けるかも

それ以降、スベってもネタをやり続ける芸人さんを見るとかっこいいなと思うようになった
お笑いライブ夏
ファミリー向けのライブなのにひどい下ネタを全力で歌う二人
こんなに冷え切った空気の中、ネタをやり続ける姿勢がすばらしい…
シーーン…
これからもずっと応援します…！

夢を持たなければいけないという呪縛

突然ですが、みなさんには夢はありますか？

よく聞かれるのだが、正直、自分には夢がない。毎日元気でいられて、家族も健康でいて、ついでにおいしいパンとかを食べられたらそれで幸せなので、強いていうなら、そういう日々が続くことが夢である。でも、それを夢として語るのは、少し違う気もしている。

夢を持つことはすばらしいし、夢が大きいほど賞賛されるようにも見える。でも反対に、夢を持っていない自分のような人間はダメなように思えるから、夢を持たなければと焦っていた時期もあった。

そもそも夢を持つことって、どうしてすばらしいとされているのだろう。それはきっと、自分の理想を具体的に思い描くことで、人生をより有意義に生きられるからだと思う。でも、すべての人に強要する風潮はどうだろう。夢を持つことのすばらしさを訴える人は無自覚のうちに、夢がない人や、夢がまだ見つからない人を焦らせ、不安にさせる。そうした呪縛に苦しんでいる人って、案外多いのではないだろうか。

夢はなくとも、日々を健やかに過ごせることに幸せを感じている人もいる。そして、そんな日々の積み重ねが「生きる」ということのようにも思う。もし夢を持つのなら、そういう土壌の上で自然に見つけたい。

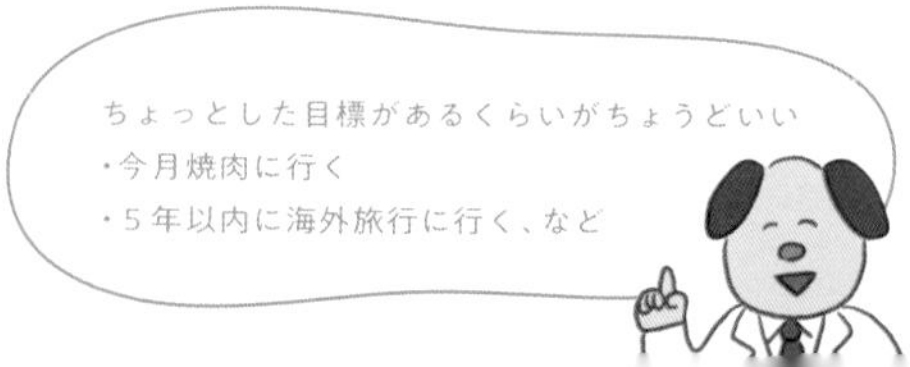
ちょっとした目標があるくらいがちょうどいい
・今月焼肉に行く
・5年以内に海外旅行に行く、など

ギャーーッ
ズシーン
夢を持たなければいけない
という世の中の風潮
（という岩）
〇〇を実現させる！
〇〇をオープンさせる
〇〇歳までに家を買う
〇〇の資格を取る
〇〇〇万円貯金する
夢がなくてすみませーん!!
ズシーン!!

向いてないということがわかったら大収穫

以前、絵本作家の友人がやっている、絵本を紹介するＹｏｕＴｕｂｅに出演したことがある。ちょうどＹｏｕＴｕｂｅがいちばん盛り上がっているときだったので、試しに出てみようと、誘いを承諾したのだ。

でも結果はぜんぜんダメだった。話す内容は事前に考えて練習していたので、撮影はなんとか終えられたが、その友人からチェック用の動画が送られてくると、本当に恥ずかしくなってしまったのだ。

動画の中で、自分が偉そうに絵本について語っていると思ったら、ゾッとした。仕事だし、確認しなくてはと思ったけれど、なかなか再生ボタンを押すことができない。「そろそろアップしたいのでチェックをお願いします」と何度も連絡が来たが、返事ができず、結局一秒も見ることなくＯＫの返事を送った。遅れてしまって相手に迷惑をかけたのに、じつはいまだに見られていない。本当に向いてないなと落ち込んだ。

でも、向いてないとはっきりわかる経験も、案外大事だなと思った。なぜなら、この分野は今後手を出したらいけないと、はっきり線引きができるからだ。そして、それは自分を守ることにもつながる。

ダメだった経験は落ち込むけれど、向いてないとわかったのなら、それはそれで大収穫。そう思うようにしたい。

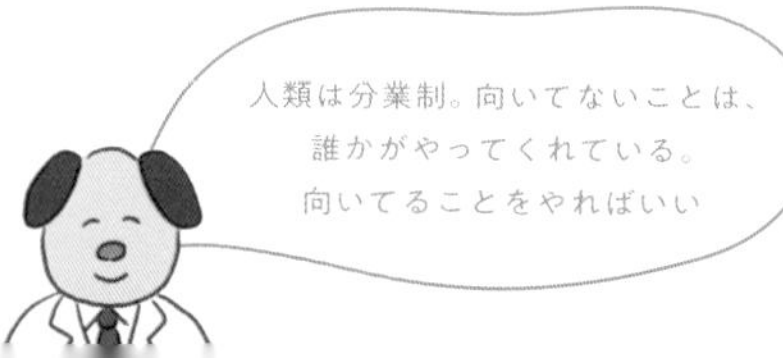
人類は分業制。向いてないことは、
誰かがやってくれている。
向いてることをやればいい

「自分には向いてない」とわかることでいいことがほかにもあります
イエーイ
向いてない！
YouTubeに出るユーチューバーのお仕事って簡単にできるものだと思っていたが…
ラクして稼げていいな〜
本当にこれくらい思ってた
実際に自分が出たらあらためてその大変さがわかった
ひぃー
これをやり続けるってすごいなぁ…
その分野で活躍する人を素直に尊敬できるようになった
昼寝が向いてる〜
向いてないってわかってよかったなぁ

謝りすぎないという処世術もある

自分がミスをしてしまったとき、相手がどう思っているのかがすごく不安になる。怒っているのではないか、自分のせいで迷惑をかけたのではないかと、どんどん悪い方向に想像を膨《ふく》らませてしまい、すみません、すみません、本当に申し訳ございません……と、相手がどう思っているのかを聞く前に、先回りして過剰な謝罪をしてしまうこともある。

でも、過度な謝罪ってしなくてもいいかもしれないし、あえて謝罪しすぎないことで、うまくいくこともあるのかも、と思った経験があった。

「すみません」ではなく「ありがとう」

それは、数年前の夏、知り合いの作家さんと絵本の打ち合わせをしたときのこと。その日は8月。外にいるだけで汗が噴き出てきて、クラクラするような暑さの日だった。打ち合わせは、その作家さんの発案だったし、当日のスケジュールはすべてお任せするつもりでいた。

その作家さんは40歳くらいの男性で、何度かお会いしたことがあったが、いつも明るく笑っていて、とにかく前向きな人という印象だった。だから、その日も特に心配することなく、待ち合わせの駅に向かった。

しかし、駅で会うなり、その作家さんは開口いちばんにこう言った。

「じゃあ、今から、貸し会議室を予約するね」

えっ、と思った。予約をしていなかったのだ。当日の、しかも直前で空きがあるのか不安になったが、案の定、空いていなかった。

結局、どこもいっぱいだったので、ネットで調べた2駅先の貸し会議室に行くことになった。正直暑いし、面倒臭いなと思ったが、ここで断るのも申し訳ないと思い、電車で向かうことにした。そして貸し会議室がある場所まで辿り着き、さぁ、やっと涼めると思った矢先、「あれ？会議室の鍵がない……」と言いはじめた。どうやら入るための鍵の場所を聞いていなかったらしい。「段取りが悪すぎる……」と思い、暑さもあって、さすがに内心イライラしてきた。自分がもし逆の立場であったら、１００回でも２００回でも謝って、申し訳なさで泣いてしまうかもしれない。でもその作家さんは「アイムソーリー！」と言いながら、ニコニコと笑っている。まじか……と半ば呆《あき》れた気持ちになった。

なんとか鍵のありかを突き止めて、打ち合わせを終えたあとも、「今日は無事に打ち合わせができてよかった。ありがとう～！」と、ポジティブな言葉を口にして帰っていった。なんだか不思議な人だなぁと思った。

帰り道、笑顔で手を振る作家さんの顔を思い出したとき、ふと、これ

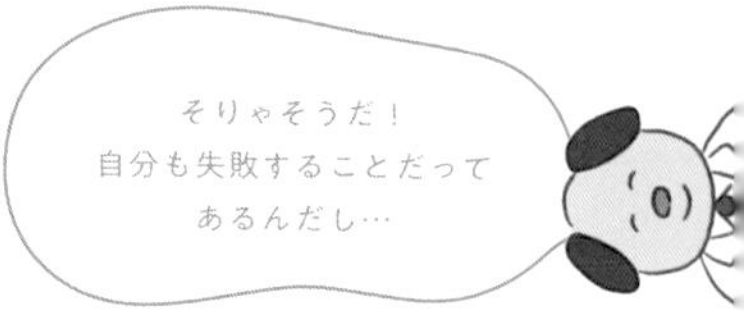

はひとつの処世術として使えるかもしれないと思った。ミスをしてしまったら謝罪をするのは当然である。でも、謝りすぎるのも逆効果になるのかもしれないと思ったのだ。言葉とは不思議で、「暑い」と言われたら、それまで感じなくても徐々に暑いと思えてくることがあるように、過剰に謝られると、たいしたことはないと思われていたことでも、それほど大変なことだったのか、と深追いされることも起こりうる。謝罪という名のメガネをこちらから受け渡すことで、それまで見えていなかった汚れが、逆にはっきりと映し出されてしまうようなイメージである。

もちろん、何度も言うが、ミスをしたときに謝ることは必要である。でも、ミスをしたことに責任を感じすぎて、「すみません、すみません……！」と謝り倒すよりも、たとえば、「ご対応いただき、ありがとうございます！」と、ポジティブな言葉に変換して、サラッと流してしまったほうが、相手にとっても後味がいいかもしれない。そして、これは謝罪におけるひとつのテクニックになるのではないだろうか。

特に自分のようなＨＳＰ気質の人間は、気にしすぎるあまり、つい過度に謝罪してしまう傾向がある。でも、謝りすぎないでいることも、物事を円滑に進める上で、ときには大切なのかもしれないと思った。

ポジティブな言葉に変換すると…
お忙しい中すみませんでした…
メソメソ…
変換
お忙しい中ありがとうございました！
カラッ
ご迷惑をおかけしました…
変換
ご対応いただきありがとうございます！
自分も相手も気分がいい

存在なんて空気でいい

自分は会社員時代、人との関わり合いがあまり得意でない、いわゆるコミュ障であったため、特に職場での雑談をとても苦手としていた。

自分以外の人たちが雑談で盛り上がっているとき、自分だけが雑談に入れないと、なぜか焦りと不安を感じてしまう。そこで、無理に雑談に入って場を凍らせてしまう、といった失敗をすることがよくあった。そして、そんな小さな出来事が、日々の大きなストレスになっていった。

でも今にして思うのは、業務以外のことで、なぜそんなにストレスを感じなければいけなかったのかということだ。そもそもお金を稼ぎに来ている仕事場で、人と仲良くしなければいけない義務はない。もちろん「雑談も仕事のうち」という言葉もある通り、何気ない会話によってコミュニケーションを深められるのかもしれない。でも、自分のようなコミュ障は、無理して人と話す必要はないと思うのだ。

大切なのは、日々の業務をこなすことだ。別に友達をつくりに会社に来ているわけではないのだから。雑談に入れなくても恥ずかしいと思わなくていい。むしろ、人が雑談で盛り上がっている間にも、仕事を黙々とこなし、さっさと終わらせて家に帰ったほうが有意義だ。

職場での存在なんて空気でいいし、孤高の人はかっこいい。

人が雑談
している間に
カチャカチャ
さっさと仕事を終わらせて
帰ったらおいしいアイス
食べよーっと
カチャ…
アイスのことしか
考えない…
Ice cream
choco late

苦手だなと思うことは無理にやらないほうがいい

以前、自分が描いた絵本の読み聞かせをするというワークショップに呼ばれたことがある。当時は純粋無垢な子どもたちの前で、自分の絵本を自分で読むという行為が、恥ずかしくてしょうがなかった。引き受けたものの自分にできるのだろうかと、直前までウジウジ悩んでしまった。

すると、スタッフの方がこのような言葉をかけてくれた。

「子どもは、大人が本当に楽しんでやっているかどうかを見抜きます。不安がっている大人を見ると、子どもも不安になってしまいますよ」

その通りだなと思った。苦手なものや、嫌々やっているものって、結局相手に伝わってしまうことが多い。ましてや、相手が子どもならなおさら。子どものためにも自分はやらないほうがいい。そうはっきりと思った。そして読み聞かせは、専門の方にお願いすることにした。

それ以降、苦手だなと思うことは、できるだけやらない、という思い切りを大事にしている。もちろん社会で働く限り、「苦手だからやらない」が通用しない場面はたくさんある。でも本当に無理だと思ったら、まわりの人に相談するのも悪いことじゃない。人はそれぞれ向き不向きがあるのだから、それを互いに補えばいいだけのことだ。むしろそのほうが、結果的に全体としてうまく回ることも多いのではないだろうか。

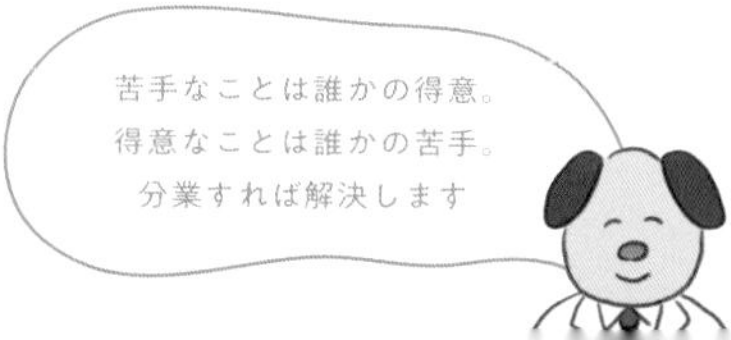
苦手なことは誰かの得意。
得意なことは誰かの苦手。
分業すれば解決します

それに苦手なことが
「個性」に
つながるケースも
あると思います
いいほうに
考えよう～
自分は人間を描く
のが嫌い（というか
苦手）なので…
人間の顔って複雑
ですよね…
人間を描くときは
基本顔なし
（口だけ描く）
ジャーン
顔なし（口のみ）
青い肌
だって苦手なもんは
苦手なんだから
仕方ない…
ムリ～
でもそれにより
自分のイラストを
覚えてもらえることも
増えたので
個性的ですねー
ありがとうございます－！
苦手なことはやらず
それを活かしたほうが
いいと思うように
なりました

うつが教えてくれたこと

自分はとにかく人から褒められたい、プライドの高い人間であった。子どもの頃から、親や先生から褒められたいという気持ちが強く、自ら学級委員になり、世間的にいいとされる大学を出て、世間的にいいとされる会社に入社した。会社員になってからも、自分がどういう言動をすると相手に喜んでもらえるかと外面ばかり気にして、明るく元気なキャラクターを演じていた。でも、それがストレスになり、うつのひとつの引き金となった。我ながら本当に情けないと思う。

でも、それでようやく気づけた。自分は単にプライドが高いだけの人間で、むしろできないことのほうがたくさんあると。また、不必要なプライドによって、自分自身を苦しめていたということも。

それからは人からの評価ではなく、できるだけ自分の本心に耳を傾けるようにした。そして、人からの評価ばかりを頑《かたく》なに気にしていた自分を手放そうと思った。すると自分から解放されたような気持ちになれた。

そりゃ、うつになんてなりたくないし、ならないに越したことはない。でも、人の目や世間の評価ではなく、自分はどうしたいのか、自分の心の声を素直に聞いてみることがいかに大切であるか。今ではそんなことをうつが教えてくれたように思う。

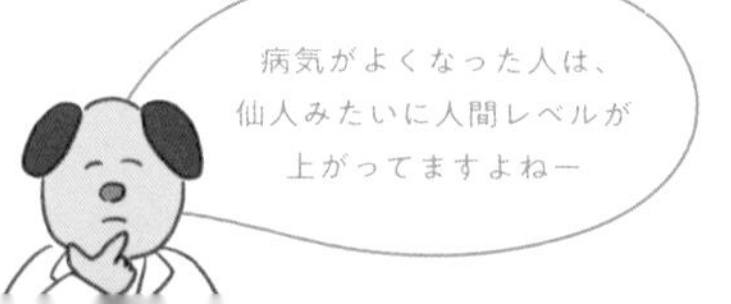
病気がよくなった人は、
仙人みたいに人間レベルが
上がってますよねー

今までのプライドを
手放すように
意識したら
バイバイ…
肩書き
学歴
地位
余計な
プライドたち

前よりもフラットに
人と接することができる
ようになった
みんな意外と
おんなじだね～

明日できることは明日やればいい

ときどき、目も開けられないくらいひどい頭痛に襲われることがある。できれば頭痛が引くまで休んでいたいが、仕事をしているとそうもいかない。特に自分はフリーランス。仕事のスピードはとても大事であり、頭痛薬を限界まで飲みながら、なんとか早めに終わらせようと努めていた時期もあった。でも、最近はそうやって焦ることをやめた。

というのも、仕事は期日までに終わらせればいいものであって、それ以上の、たとえば「スピードをもっと早く」「量をもっと多く」などを求め出したらキリがないと思ったからだ。もちろん早いに越したことはないし、たくさんこなせたほうが能力は高い。実際「仕事ができる」とは、そういう人たちのことを言うのだろう。でも、期日までにミスなくちゃんと終わらせるといった、普通の仕事を当たり前にこなすことだって、本来「仕事ができる」と言ってもいいのではないだろうか。

スピードが重視されるこの社会で、「仕事ができる」の基準も上がっている気がする。それに合わせすぎると、無理をしてしまうこともあるし、スピードを追い求めるあまりに、ミスをしてしまうことだってある。

明日できることは明日やればいい。無理に焦ることなく、期日までに終わらせることができたなら、結果オーライと考えるようにしている。

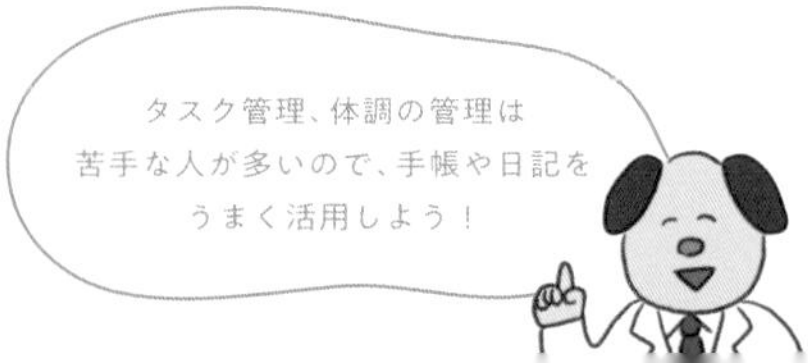
タスク管理、体調の管理は
苦手な人が多いので、手帳や日記を
うまく活用しよう！

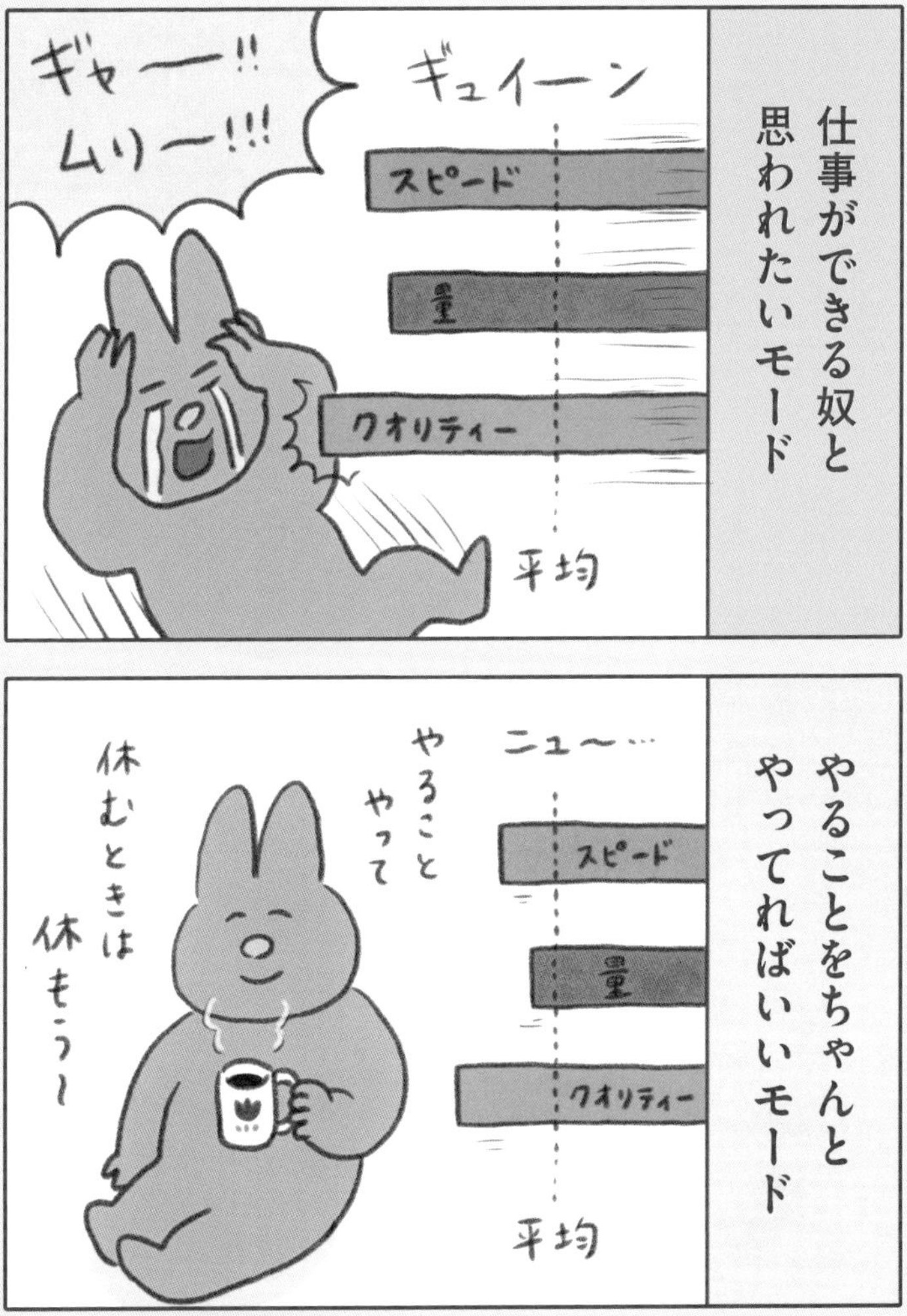
仕事ができる奴と
思われたいモード
ギャー!!
ムリー!!!
ギュイーン
スピード
量
クオリティー
平均
やることをちゃんと
やってればいいモード
ニュ〜…
やること
やって
休むときは
休もう〜
スピード
量
クオリティー
平均

人格を否定されたワケじゃない

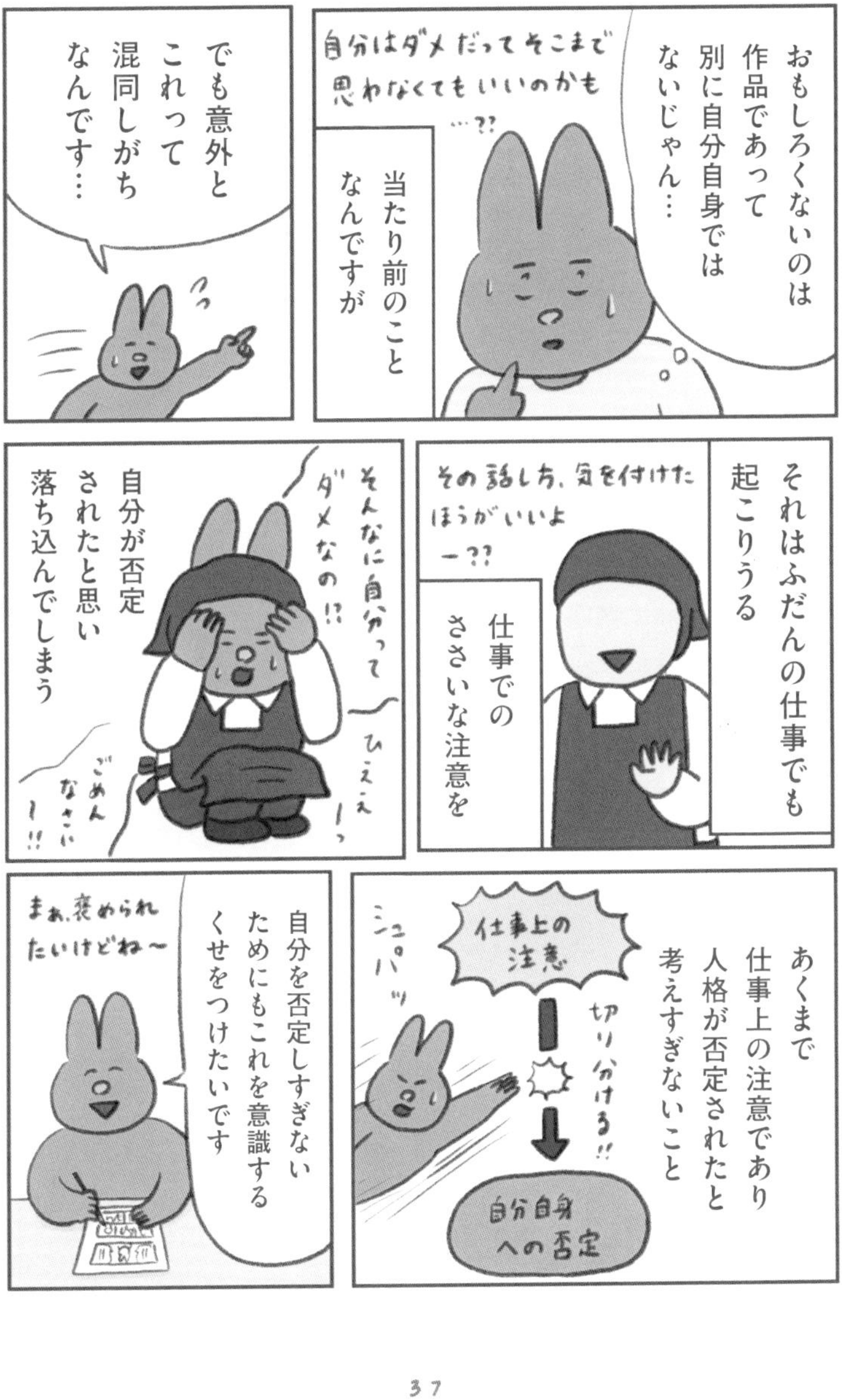

おもしろくないのは作品であって別に自分自身ではないじゃん…
自分はダメだってそこまで思わなくてもいいのかも
…??
当たり前のことなんですが
でも意外とこれって混同しがちなんです…
それはふだんの仕事でも起こりうる
その話し方、気を付けたほうがいいよ
ー??
仕事でのささいな注意を
自分が否定されたと思い落ち込んでしまう
そんなに自分ってダメなの!?
ひええー!
ごめんなさいー!!
あくまで仕事上の注意であり人格が否定されたと考えすぎないこと
仕事上の注意
シュパッ
切り分ける!!
自分自身への否定
自分を否定しすぎないためにもこれを意識するくせをつけたいです
まぁ、褒められたいけどね〜

言葉のひとつひとつを
考え抜くことの重要性

はじめまして。早稲田メンタルクリニック院長の益田裕介と申します。私はふだん、町の開業医として、朝から晩まで外来臨床をしながら、合間にYouTubeを撮影したり、オンライン上で患者会や家族会を運営したりしています。

なおにゃんさんのエッセイを読みながら、言葉のひとつひとつを吟味していくことの重要性を思い出しました。

昔、僕が終末期医療を担当していたとき、死を語る患者さんたちとのやり取りに疲弊《ひへい》していました。そこで、ある先輩医師に相談したところ「それは君が死について考え抜いたことがないからだ。自分もいつか死ぬ。それがわかれば、死に際の人だろうがなんだろうが、相手に気を遣う必要もない」と言われ、何を無茶な、とその場では思いましたが、自然と心に残り、その後の臨床がラクになったことがあります。

言葉を考え抜く、というのは俳句の世界や落語の世界でもあるそうですね。そんな感じで、なおにゃんさんのエッセイを読みながら、そのテーマのひとつひとつを一緒に考え抜き、自分なりに答えを出せると、生活はぐっとラクになると思います。

では、みなさま、一緒に読み進めていきましょう。

第2章

人付き合いが苦手すぎても いいのかも

人の意見は あえて聞かない という選択も大事

昔から人の意見をよく聞く子どもだった。

親や教師からは、人の意見をちゃんと聞くようにと教えられて育ったし、ニュースやワイドショーといったテレビの中の世界でも、何か失敗などをしてしまった芸能人が「あのとき、まわりの人の意見を素直に聞いていればよかった……」と過去を悔やむ場面を目にしては、やはり人の意見は素直に聞いて、ちゃんと受け入れないと失敗をしてしまうんだなと、彼らをまるで反面教師のように思って見たりしていた。

実際、まわりの意見をちゃんと聞く人は、聞き分けのいい素直な人として愛されることが多いと思う。特に年長者のアドバイスは、経験に裏打ちされた説得力があるから、素直に聞いたほうがいいのだろう。

でも最近思うのは、人の意見を聞きすぎてしまったゆえに、うまくいっていたはずのことができなかったり、失敗に終わってしまったりというケースもすごく多いんじゃないかということだ。

自分は、「なおにゃん」というツイッター（現X）をはじめた当初は、本当に誰にも言わなかった。というのも、当時、自分のまわりには、SNSをよく思っている人がいなかったし、小さなことを気にしたり、悩んだりする性格をネガティブでよくないものだと否定する人のほうが多

かったから。また、自分は絵本の仕事をしていたので、子ども向けの絵本を描いている大人が、こんなに暗いことを発信していたら子どもたちに悪影響が出るかもしれないし、絵本もますます売れなくなってしまうのではないかと恐怖心を抱いていたこともあり、余計に言えなかった。

でも当時、世の中は新型コロナが出てきた頃で、緊急事態宣言も発動され、これから先どうなるのかわからない不安の中で、うつや心の悩みを吐き出さずにはいられなかった。だから、当初は誰も知らない裏アカウントとしてＳＮＳを開始した。すると、自分と同じような気質の人や同じような悩みを抱える人とたくさんつながることができた。

また、それ以前はなかなか絵の仕事をもらえなかったが、イラストの仕事もポツポツともらえるようになってきたので、あのとき誰にも言わずにＳＮＳをはじめて、本当によかったなと思っている。

まわりの意見よりも自分の直感を大切に

もし、最初にまわりの人に相談していたら、絶対にやめたほうがいいと言われ、ＳＮＳをやっていなかったと思う。自信がなく、人の意見に流されやすい性格から考えても、間違いなくそうであったと思う。

過去にも、絵本のお話を作っていたとき、まわりの人の意見を聞きすぎてしまったゆえに、最終的にお話の収拾がつかなくなり、作品として完成しなかったことがあった。ひとつひとつの意見はありがたいが、やはり全部を真に受けてしまうと、自分が描きたかった本筋からどんどんはずれていってしまう。これも自分に自信がないばかりに、まわりの意見を聞きすぎてしまったゆえの失敗であったと思う。

実際、共感力の高いＨＳＰ気質の人ほど、まわりの人の意見を聞きすぎてしまうことって多いのではないだろうか。本当はAだと思っているのに、まわりの人がBだと言うから、それに合わせてBを選んでしまう。本来の自分の姿や気持ちにフタをして、自分自身を取り繕ってしまう。そして、いつの間にか自分の本当の気持ちがわからなくなる……。

でも、ＨＳＰさんの直感は特に優れていると聞く。発想が豊かで、思いもよらないアイデアを生み出すことに長《た》けている人も多いらしい。だからこそ、ときにはまわりの人の意見はあえて聞かずに、聞いたとしても真に受けずに、最初に感じた自分の直感や素直に感じた気持ちを優先してあげたほうがいいと思う。そのほうが、きっと自分の長所を生かせるやり方で、自分らしい成果をあげることができるかもしれない。

人の意見を聞きすぎると
ブレてしまうことがある
Aでしょ？
どうしよう…
Bでしょ？
どっちも違うよっ？
初めから誰にも
相談しないって
じつはすごく大切
Let's
GO～!!
他人は自分の人生に
責任を取ってくれないし
自分で選択しよーっと
My way

まわりの人のためにも自己肯定感を高めたい

　正直、自分は自己肯定感というものが高いタイプの人間ではない。というか、実際めちゃくちゃ低いと思う。いつも自分に自信が持てないし、自信がないゆえに、まわりの評価ばかり気にしてしまう。
　何かを達成できたと思っても、次の瞬間には「どうせ自分なんて……」「○○と比べたらたいしたことないし……」と自分を否定する言葉が頭の中を駆け巡り、そんな自分に嫌気がさし、余計に落ち込んでしまう。いわゆる自己肯定感が高いと言われている人のように、ありのままの自分を認め、肯定してあげるということが昔からできずにいた。
　いつも何かが足りなくて、足りない自分を責めてしまう。まるで人間として欠陥品であるような不安が、子どもの頃から付きまとっていた。
　そして、この自己肯定感が低いゆえの不安は、人と会っているときも発動する。話していても、「自分と話していておもしろいかな？」「退屈していないかな？」と不安になり、相手の顔色を窺《うかが》ってしまう。「相手の貴重な時間を奪っているかも」と、申し訳ない気持ちにすらなるときもある。今でもたびたび自己嫌悪に襲われるのだが、それ以上にいやなのが、自己肯定感が低いがゆえに、相手にまで不快な思いをさせてしまうことだ。

以前、仕事で知り合った編集さんとごはんの約束をしていたときのことだ。夕方から突然雨が降り出して、遠くの空では雷も光っていた。そんな不安定な空模様を見ていたら、いつもの自己肯定感の低さが発動してしまい、こんな日にわざわざ自分と会ってもらうことが申し訳ないと思いはじめ、刻一刻と変わる雨雲レーダーの動きを気にしながら、「今日は大丈夫ですか？」「無理しないでくださいね⁉」「あ、別の日でもいいですよ！」と心配のあまり鬼ＬＩＮＥをしてしまった。そして、その後、無事にその編集さんと会えたとき、「あそこまで言われると、逆に私に会いたくないのかと思っちゃいましたよ……」と悲しそうに言われてしまい、はっとした。確かに、自分がやっていたことは、相手がどう思っているかを想像することもなく、ただ自分の不安を相手にぶつけているだけの行為だった。要は、相手を信じきれていないのだ。

自分が考えていたのは相手の気持ちじゃなかったのかも

過去にもこんなことがあった。学生時代、人気者の美人の女の子が自分と仲良くしてくれたとき、最初は舞い上がるようにうれしかったが、その子にはほかにも友達がたくさんいることがわかると、その子に釣り

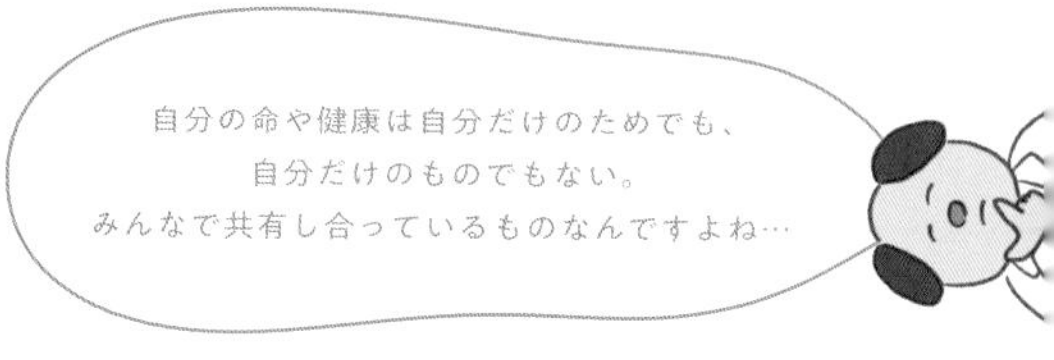

合うわけがないと勝手にいじけて、自分から距離を取ってしまった。自分に対する自信がなくて、卑屈になってしまったのだ。

当時はそれでいいと思っていたが、相手はどうか。もしかしたら傷つけてしまったかもしれない。相手のことを気にしているようで、自分が最も気にしているのは自分自身であり、ものすごく自分勝手な行為だったと気づいた。本当に申し訳ないことをしたな、と今では思う。

たとえば変かもしれないが、自己肯定感を高めるということは、健康でいることに似ているかもしれない。自分の健康状態が悪くて苦しむのは自分だが、それでまわりの大切な人に心配をかけたり、悲しませてしまったりしたら申し訳ない。健康でいるということは、自分のためでもあるし、まわりの大切な人たちのためでもあると思う。

そういった意味で、健康でいようと、できるだけ努めたほうがいいし、自己肯定感も低いよりは高めようと努めたほうがいい。

とはいえ、自己肯定感を高めるのってなかなか難しい。長年培《つちか》ってしまった自分のネガティブ思考のくせを変えていくのは簡単ではない。

でも、自分にとって大切なまわりの人のためにも、少しでも変えていけたらいいな、と思いはじめた今日この頃である。

実際に自分が試してよかった自己肯定感が高まる考え方をご紹介します
自己肯定感
①日々自分にできることを淡々とやる
今日は予約してた病院に行こう
②できなかったことがあっても自分を責めない
買いものはできなかったけど
まぁいっかー
③その日できたことがあったら自分をいっぱい褒める
自分、偉いなー
①〜③を習慣にすると自分を肯定するくせが身につく気がします

そのひと言が誰かの救いになる

何気ないひと言で救われた経験って、きっと誰もがあると思う。
自分は新卒で出版社に入ったものの、うつと適応障害を発症してしまい、結局、退職することになってしまった。退職日当日、話しかけてくれる人なんていなかった。誰とも目を合わせることなく、一人静かに机の中の荷物を段ボール箱に詰め込んでいる瞬間は、控えめに言っても死にたい気持ちでいっぱいだった。その日は「お世話になりました」も言えないまま、消えるように会社を去った。社会人として非常識だとわかっていたが、その日はそれが精一杯だった。自分なりに頑張って働いていた時期もあった。そんな過去を思い出しては、自分は何をやっていたんだろうと、込み上げてくる涙をこらえながらトボトボと家に帰った。
家に着いたとき、ふと携帯電話を見たら、1通のメールが来ていた。同期の男の子からだった。メールにはひと言「お疲れさま！」とだけあった。それを見たとき、こらえていた涙があふれ出た。うれしかった。自分のことをこうやって覚えてくれている人がいたんだなと思うと、なんだか報われたような、自分の存在が肯定されたような気持ちになった。
ふとしたひと言が誰かにとって救いとなり、支えになり続けることもある。自分もそんな言葉をかけられるような人間になりたいなと思った。

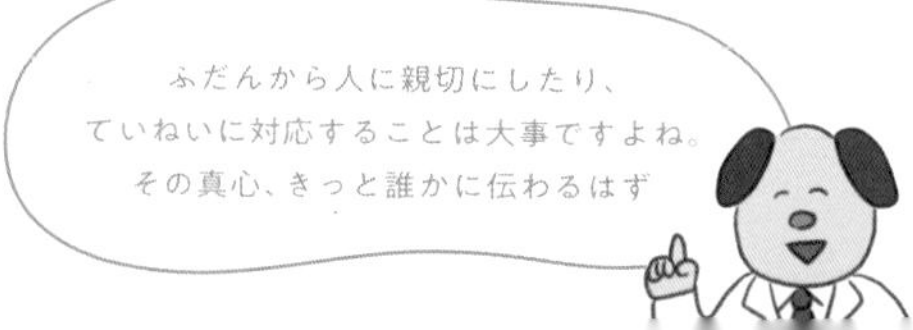
ふだんから人に親切にしたり、
ていねいに対応することは大事ですよね。
その真心、きっと誰かに伝わるはず

退職日に
メールをくれた
同期と数年ぶりに
会った
久しぶり〜!!
あのときの
お礼を言うと…
感謝!!
あのときは
メールをくれて
ありがとう!
彼はまったく
覚えていなかった
そんなこと
あったっけ?
忘れちゃうような
取るに足らない
ことでも
でも自分は
忘れない…
と思った

「嫌われる」ってどうしてそんなに怖いんだっけ？

できることなら、人から嫌われずに生きていたい。

でも、現実はなかなかそううまくはいかない。自分も少し前に、ＳＮＳで人から嫌われ、イヤな思いをしたばかりである。

その日は、ＨＳＰ気質であるがゆえに、自分が今までできなかったことについてツイッター（現Ｘ）で発信をした。そのツイートに共感してくれる人も多かったが、否定的な意見も多かった。いろんな人がいるんだなぁと思いながらタイムラインを眺めていたら、たまたま「あれ？」と思う通知が目についた。それは、いつも好意的なやり取りをしていた相互フォロワーさんのツイートだった。どうやら自分のツイートに対し、否定的な意見を引用リツイートしている。「まじか」と、恐る恐るそのリプ欄を覗いてみたら、なんと自分に対する悪口で溢れかえっていた。

さらに恐ろしいことに、その人は、自分に向けて書かれた悪口に、こんな人ツイッターをやめたほうがいい、見る価値もないなどと同調していた。ショックだった。気がつかないところで自分の悪口でこんなに盛り上がっていることを知り、ＳＮＳってやっぱり怖いなぁと思った。

そのときはあまりに落ち込んでしまったので、自分なりにどうすれば嫌われても落ち込まなくて済むのかについて、徹底的に考えてみた。

（１）２６２の法則を思い出す

人間関係の法則で、「２６２の法則」というものがあるらしい。これは、10人いるとしたら、そのうち二人はどんなことがあっても自分を嫌いになり、反対に二人は自分のことが好きになり、好きでも嫌いでもないという人が６人になるという、人間関係の比率のことである。つまり、集団の中にいる限り、どんな形であっても、どのみち二人には嫌われてしまうということだ。そう考えたら、嫌われるのも仕方がないし、自分のことを好きでいてくれる二人を大切にしようと思えた。

（２）嫌われたら何が困るのかを具体的に考えてみる

人から嫌われたと思うと、漠然と恐ろしさや不安を感じてしまう。でも、自分が生きている現実世界において、その人から嫌われることで具体的に何が困るのかを考えてみるといい。自分の場合はＳＮＳ上で考えが合わなかっただけだし、それによって現実生活ですぐに支障が出るわけでもない。ＳＮＳ上で知り合った人は、実際、どこの誰かもわからないし、何か言われたとしても、別にたいしたことじゃないと思えた。

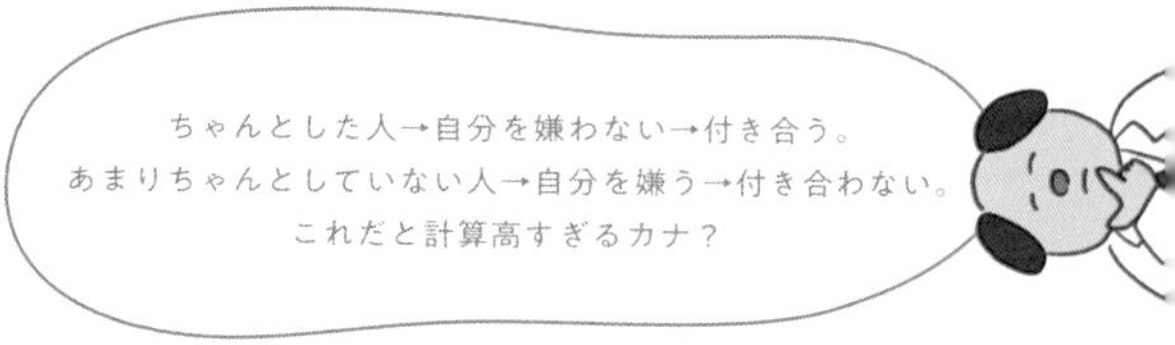

（3）本当に「嫌われている」のかを考えてみる

否定的な言葉を言われると、つい「嫌われた……」と落ち込んでしまいがちである。でも、本当に相手から「嫌われている」のだろうか。

知人から「『嫌い』という感情にもグラデーションがある」という話を聞き、なるほどと思ったことがある。「嫌われた」というけれど、それをひも解いていくと、その人が好意を寄せている人とたまたま仲がよいために嫉妬されていたり、反対に、その人が嫌いなものを自分が好んでいるだけだったりと、自分本体というより、自分に付随する「背景」を嫌っているケースがある。つまり、「嫌い」という感情には幅があり、必ずしも自分が嫌われているわけではないともいえる。そう考えると、感情とはいかに曖昧で、あやふやなものであるかを実感する。

このように、「嫌われる」ということがそもそもどういうことなのかを突き詰めて考えると、そこまで恐ろしくもないような気がしてくる。

人から嫌われたと落ち込んでしまったときは、一度立ち止まって、嫌われることについて、自分なりに冷静に考えてみるのがいいと思う。

ちなみにこんなメンタル強者もいる
自分が嫌いな人にはむしろ嫌われたほうがよくない？
だって向こうから距離を取ってくれたほうがラクじゃん！
ジャーン
す、すごい…！
ゴクッ

謙遜しすぎも要注意

「実るほど頭《こうべ》を垂れる稲穂かな」という言葉もある通り、成功したとしても、決しておごり高ぶるのではなく、謙虚でいられる人間は昔からすばらしいとされている。かくいう自分もできるだけ威張らないよう、人から褒めていただいてもできるだけ謙遜しようと思って生きてきた。

でも自分の場合、人から褒められると、過剰に謙遜してしまうくせがある。そして、そのことで一度、注意を受けたことがあった。

以前、知り合いの作家さんが自分の絵本を人に紹介してくれた。褒めてもらえてもちろんうれしかったのだが、それ以上に「謙遜しなくては」という脳の指令が働き、「いえいえ、ぜんぜん売れてないんで！」と、反射的に謙遜してしまった。その後、その作家さんから「ああいう場面で、あんな言い方をされると、なんて言ったらいいのか……」と困った口調で言われてしまい、反省した。自分の言動は、謙遜を通り越して、相手の好意や思いやりを否定することだった。「ありがとうございます！」とカラッと返されたほうが、相手も気持ちがいいと思う。

自分に自信がないゆえに、本当は褒められたいのに、褒められると人一倍否定してしまう。自分でも面倒臭い性格だと思う。でも、褒めてくれた人のためにも、素直に感謝できるようになりたい。

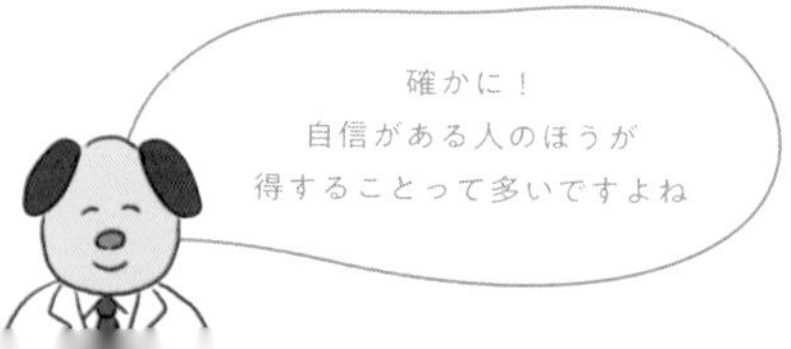

確かに！
自信がある人のほうが
得することって多いですよね

以前は自分の本を褒めてもらえても
いえいえ たいしたことないんです…
すみません…
自分に自信なし
と謙遜していた
でもあるとき思った
これって自分の本に関わってくれた人たちを暗に否定することにつながるかも…
出版社さん
編集者さん
デザイナーさん
印刷屋さん
何より本を読んでくれた読者さん
関わってくれた人はたくさんいる
その人たちのためにも謙遜なんてしないほうがいいと思うようになった
ありがとうございます!!
褒めてもらえたら反射的にお礼を言うようにしよう

自分の気持ちは変に遠慮せずに正直に伝えたほうがいい

自分は美容院という場所がとても苦手で、大人になってから同じ店に通い続けたことがほとんどなかった。

というのも、初回で美容師さんと話す際、暗い人間だと思われたくないばかりに、妙に明るく話してしまい、帰宅後、とても疲れてしまうからだ。そして、次回も同じように振る舞わなければならないのかとプレッシャーを感じてしまい、同じ店に行くことができず、美容院を転々とするということを繰り返していた。ところが、そんな自分も「またこの美容院に行きたい」と思える美容師さんに出会えたのだった。

今から3年前、今回もまた決して二度目はないだろうと諦めの気持ちを抱きながら、新しく見つけた美容院に行ってみた。すると、年齢が近い、笑顔のかわいらしい女性が髪の毛を切ってくれることになった。話がおもしろく、穏やかで、何よりとても腕のいい美容師さんで、自分の硬くて広がりやすい髪の毛をきれいにまとまるように切ってくれた。

家に帰り、ツヤツヤになった自分の髪を鏡の前で見たとき、「またあの美容師さんに切ってもらいたい」と素直に思えた。今度会ったらどんな話をしようかと、二度目を楽しみにする気持ちも芽生えた。そして、二度、三度と通ううちに、自分はすっかりその美容院の常連客になった。

これからもずっとあの美容師さんに切ってもらいたい、そう思っていた。

しかし、その美容院通いにも、突然終わりが来てしまった。それは、今年の初めのこと。伸ばしっぱなしのボサボサの髪の毛をきれいにしてもらおうと、いつもの美容師さんがいる美容院に駆け込んだ。そして、縮毛矯正という髪の毛をまっすぐにする施術を依頼した。前から何度かやってもらったことがあったし、仕上がりもとても満足していたので、いつもとなんら変わらない気持ちで仕上がりを楽しみにしていた。

だが、失敗したのだ。施術後、鏡に映っている自分の髪を見てびっくりした。おそらく薬剤が強かったのか、アイロンの温度が高かったのか、仕上がった自分の髪の毛は、根本が直角にパキッと折れていて、前髪は傷みすぎて、まるでチリチリとうねる昆布のようになっていた。

明らかに失敗…でも、指摘することなんてできない

これは、明らかに失敗だ……とはっきりと思った。1万5000円払って、元よりひどくなってしまったのだから、本来なら修正をお願いするか、返金してもらうかのレベルであったと思う。美容師さんも気まずそうな顔をして、自分の反応を待っているようだった。でも失敗ですよ

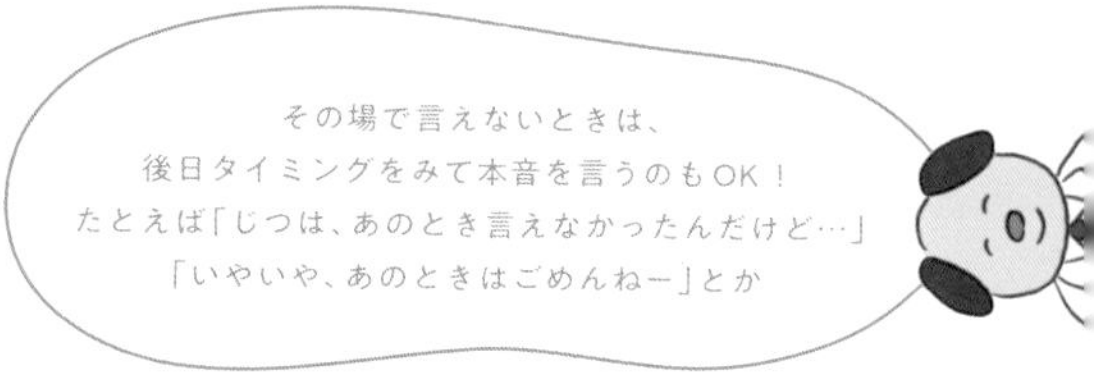
その場で言えないときは、
後日タイミングをみて本音を言うのもOK！
たとえば「じつは、あのとき言えなかったんだけど…」
「いやいや、あのときはごめんねー」とか

ねと伝えたら、彼女をがっかりさせてしまうだろう。せっかく仲良くなれたのに関係性が悪くなってしまう。そこで、「サラサラですね！　なんか若返った気がする。ありがとうございます！」と、むしろ大袈裟《おおげさ》に喜び、失敗に気づかないふりをした。すると美容師さんは、一瞬悲しそうな、申し訳なさそうな顔をして、お会計のときには、いつもはくれることのない自宅用のトリートメントを渡してくれた。その瞬間、ものすごく恥ずかしい気持ちになった。全部バレている。しかも、自分が下手な演技をしたことで余計に気を遣わせた。ごめんなさい……。

　帰り道、ワーッと叫び出したい気持ちを抑えながら、家まで自転車を全力で漕いだ。恥ずかしさと申し訳なさと、情けなさで泣きたくなった。そして、その件があって以来、その美容院には行けなくなってしまった。

　今思うのは、あのとき、正直に修正をお願いすればよかったということ。そうすれば、あの大好きだった美容師さんとの関係が終わることもなかっただろう。いつも相手の気持ちを先読みして、自分の本音をねじ曲げてしまう自分の性格があだになった。変に遠慮して人間関係が終わってしまうなら、その場で気持ちを正直に伝えたほうがいいのだ。傷んだ髪の毛を触りながら、後悔と反省の気持ちで今これを書いている。

わ、わーい！
今回もきれいにしてくれて
ありがとうございます！
明らかに
失敗だ…

あれから美容師さんと
気まずくなってしまった…
なんであのとき
本当のことを
言わなかったんだ…
うっうっ…
ちぎれた毛
【教訓】
伝えるべきことは
ちゃんと伝えたほうが
人間関係は続く

「知らない」ことも ひとつの努力

最近ネットで見た情報によると、SNSをやっている若者が心を病んでしまういちばんの理由として、友達の投稿を見て、自分と比べて落ち込んでしまうというものが多いらしい。正直、めちゃくちゃ共感する。疲れるならやらなきゃいいじゃん、と言う人もいるだろうが、今やSNSをやるのが当たり前の時代であり、流行に敏感な若い人ほど、まわりがやっている中で自分だけやらないという選択をすることは現実的に難しいことだと思う。では、どうすればいいのだろうか。

個人的に、SNSで心を守るためにいちばん大事なことは、自分が見たいものと、見たくないものの線引きをしっかりすることだと思っている。そして、そのためにも、自分がどんな情報に触れると傷つくのかを、日頃から敏感に研究しておくことがとても大切だ。

自分の場合は、本を批判されると落ち込むことが経験上わかっているので、エゴサはほとんどしない。著者ならエゴサでもなんでもして、どんどん本の宣伝をしたほうがいいのだが、それ以上に、心のダメージが大きいと踏んでいるのだ。傷つく対象を知っておくことは、自分を守ることにつながる。見たくないものは見なくていい。知らなくていいことは知らなくていい。今の時代において、とても大切なことだと思う。

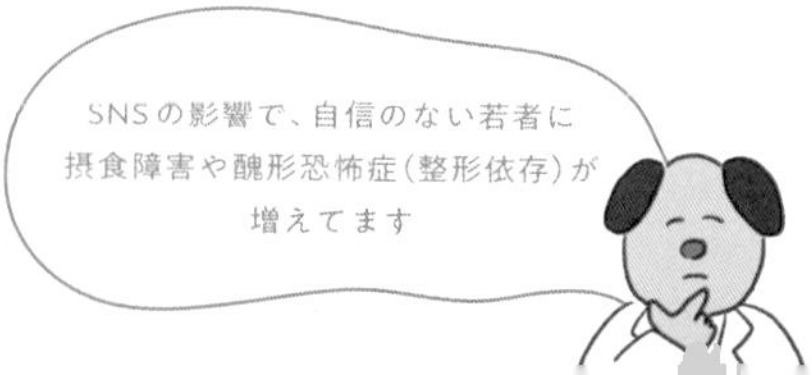
SNSの影響で、自信のない若者に
摂食障害や醜形恐怖症(整形依存)が
増えてます

自分に必要のない情報は見ない～
ギュッ
見ざる
自分が傷つく情報は聞かない～
ペタッ
聞かざる
自分が不安になる情報は検索しない～
ポイッ
知らざる
無知って、今の時代「力」になる
ネットの情報よりも現実の猫!!
「知らない」って心の健康にすごくいいな～

傷つく言葉は真に受けなくていい

これは自分のSNSでもよく言っていることなのだが、人から傷つく言葉を言われたとき、その言葉をあまり真に受けなくていいと思っている。もしくは、真に受けないでほしいとさえ思っている。というのも、自分は過去にこんなことがあったからだ。

それは数年前、学生時代からの男友達とごはんを食べているときのことだった。そのときの自分は、30歳を過ぎて絵本の仕事はしているものの、仕事がなかなか決まらず、自分に自信が持てず、その友人に悩みを聞いてもらっていた。その友人はこんな言葉を言い放った。

「でもあなたは30歳過ぎてるし。正直、30歳過ぎた女はきついから」

頭をガンと殴られたくらいショックだった。悩みを聞いてもらっている立場で失礼かもしれないが、相談する相手を間違えたと思った。そんなに自分はきつい存在であり、いろいろなことを諦めなくてはいけないのかと、絶望的な気持ちになった。ものすごく傷ついた。

そして、その言葉を聞いて以来、本当に落ち込んでしまった。なぜそんなことを言うのだろう。そんなに自分はダメなのだろうか。言われた言葉を反芻《はんすう》しては、思考がどんどんマイナスの方向に突き進んでいった。

そして、歳を重ねることは女性にとってダメなことであり、これから生

きて歳をとることがものすごく悪いことのように思えてしまった。

何よりつらかったのが、自分の中で若い女の子に対してうらやましいと思う嫉妬のような感情と、それを失ってしまった自分に劣等感が生まれてしまったことだった。以前は、アイドルにしてもモデルにしても、キラキラとしたかわいらしい女の子を見るのが好きだったし、テレビやネットで見ては憧れの気持ちを抱いていた。でも、その言葉を聞いて以来、若くキラキラした女の子を見るたびに、今まで感じたことのなかったドス黒い感情が自分の中で生まれるのを感じた。言葉ひとつで自分がイヤな人間に変わってしまった。この世から消えたい気持ちになった。

時間が経つうちに悲しみが怒りに

でもそのうち、なんでこんなに傷ついて、さらに自分の性格まで変わらなければいけないのか、ふつふつと怒りの感情が込み上げてきた。

そもそも、「30歳を過ぎた女はきつい」という言葉自体がどうなのか。自分のことはいったん置いておいて、たとえば家族や友人といった、自分の大切な人たちが、その言葉を誰かから言われたときのことを想像してみた。すると、本当に腹が立つし、イヤだなと思った。そんな言葉を

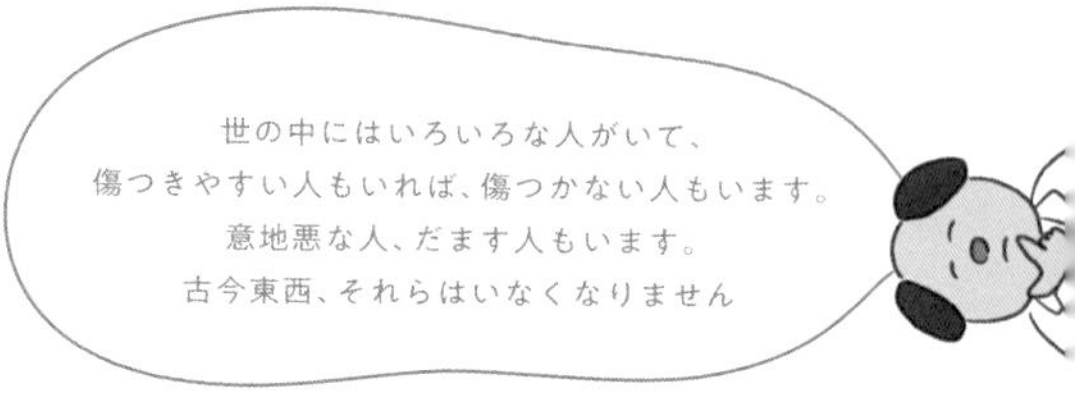

言われて、もし自分の大切な人たちが傷つき、落ち込んでしまったら、「そんなことないよ」と言ってあげたいし、全力で否定したい。そんな言葉をぶつけてきた人間に対し、ものすごく怒ると思う。それは自分に対しても当てはまることなんじゃないかと気づいたのだ。

そして、思った。そんな言葉を言えてしまうその人自体が、もともと「イヤなヤツ」だったということを。思い返せば、その友人から言われた言葉で過去に何度か傷ついたことがあった。当時は言われた言葉をただ真に受けて、さらに、そんなにひどい言葉を言われてしまうほど自分が悪いのだと責めてしまっていた。でも今あらためて思い返しても、そんな言葉を言えてしまうその人自体がイヤなヤツだったんだと思う。「自分だったら、その言葉を人に対して言えるか？」を基準に考えてみるといいと思う。自分だったらそんな言葉を人に向けて言えないし、そんな言葉は言いたくない。

人を傷つける言葉を平気で言えてしまうような「イヤなヤツ」の言葉で、傷つく必要なんてない。性格まで変わる必要なんてない。そんな言葉はそもそも聞く必要もないし、真に受けなくていい。どうせ真に受けるのなら、いい人の言葉にしよう。そう思ったら心が少しラクになれた。

人から傷つく言葉を言われたとき
ひがみ・ねたみ・そねみのモンスターが生まれた
ムワムワ…
自分の性格も悪くなったと感じた
と、同時に思った
sss
ネチネチ
もしかしたら性格が悪いと感じるあの人も…
ぐすん…
過去に誰かの言葉で傷ついてそういう性格になってしまったのかも…？
そう思うと人を傷つける言葉を言う人間がますますイヤになった
グミでも食べませんか？
そんな言葉を真に受けないでほしい…

他人なんて
フィクション

相手のちょっとした反応にすぐおびえてしまう。

少し暗い表情をされただけで、相手を怒らせてしまったのかなとおびえ、メールの返事がちょっと遅いだけで、嫌われたと思い込む。以前、そのことであまりに疲れてしまい、その悩みを同じ大学の哲学科出身の知人に相談したことがあった。すると彼はこんなことを言った。

「自分が人に嫌われたとか、怒らせてしまったとか、考えてもしょうがないよね。結局、それは自分の想像であって、本当にそうなのかはその人にしかわからないし。他人なんてフィクションだと思うくらいでいい」

確かに。他人の感情は、その人にしかわからない。哲学っぽく言えば、今、目の前で話している相手も幻かもしれないし、見ている夢かもしれない。それに対し、あれこれ頭を悩ますのは時間がもったいない。それに人間関係って、実際話してみないとわからないことがたくさんある。

不機嫌そうな人が、じつは単に寝不足なだけだったり、怒りっぽい人が、じつは更年期で悩んでいたりと、事情を抱えているケースって意外とある。そこにいちいち「自分」を介在させなくていい。

だからこそ、人のことがつい気になって、落ち込んでしまいそうになったときは意識的に唱《とな》えるようにしたい。他人なんてフィクション〜。

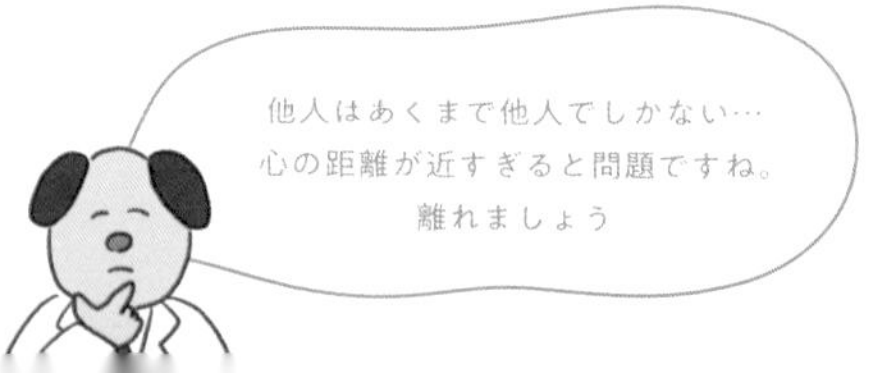
他人はあくまで他人でしかない…
心の距離が近すぎると問題ですね。
離れましょう

あの人
怒っているのかな？
自分のせいだったら
どうしよう…
ハァ…
何か
したかな
??
わかりもしない他人の
感情をあれこれ考えて
悩むよりも

今、目の前にあるアイスを
おいしく食べよう
ペロペロ
実際に相手から
「怒っている」
って言われたときに
悩めばいいや～

他人と比較して落ち込んでしまう自分との向き合い方

他人と比較して落ち込んでしまう悪いくせがある。

もともと嫉妬深い性格なのに、わざわざＳＮＳですごい人を見ては、いいなぁ、すごいなぁ、それに比べて自分はダメなだぁ、と隙あらば落ち込んでいる。比較ぐせはよくないと頭ではわかっているけれど、気がつけば、目をバッキバキにさせて、血眼になって、比較対象をスマホで追いかけている自分がいる。ある意味、自傷行為に近いと思う。

でも、どこかの心理学者が言うには、そもそも人間は他人と比較してしまう生きものであるとのこと。だから、比べてしまうことは、もはや生きものとして仕方がないらしい。問題は、そんなときどうすれば落ち込まないでいられるかである。そこで、長年、嫉妬深い性格に苦しんできた自分がおすすめの考え方を紹介したい。

（1）他人と比べてしまいそうになったときは、過去の自分と比べてみる

人間は他人と比べてしまう生きものであるというなら、過去の自分と比べてみるのはどうか。自分のいいところなんて浮かばないと思いがちであるが、どんなに小さなことでもいい。１カ月前よりもパンについて詳しくなった、１年前よりも絵がうまくなった、など、意外と成長して

いたりする。他人と比べて落ち込むより、過去の自分と比べて、成長したなと思って喜ぶほうがメンタル的にもプラスになると思う。

（2）憧れているその人に、自分は本当になりたいのかを考えてみる

ＳＮＳ上で思わず嫉妬してしまう人っている。見るたび、あの人うらやましいなぁ、それに比べて自分はダメだなぁと思ってしまいがちだが、そういうときは、本当にその人になりたいのか考えてみるといい。

仕事で成功している人は、裏で睡眠時間を削って、健康を害しながらも頑張っているのかもしれない。人気者でみんなから愛されている人は、裏でめちゃくちゃ気を遣い、行きたくもない飲み会に参加して、無駄な交際費ばかりかかっているかもしれない。その人の背景まで想像したら、意外と面倒臭そうだし、自分は自分のままでいいと思えたりする。

（3）宇宙や遠い未来に思いを馳《は》せてみる

比較で頭がぐるぐるしてしまったときは、抽象的な考え方に逃げるのもいい。この地球にはおよそ80億人の人間がいるし、日本人の平均寿命が80数歳なのに対し、宇宙は今もなお１３８億年の長い時間を生きてい

現代の日本人にはピンとこないかもしれませんが、
これまで、さまざまな人たちが「神」を信じてきました。
「大きな存在に目を向ける」というのは、人類にとって
それほど必要な行為だったのかもしれません

る。壮大すぎてピンとこないかもしれないが、小さなことで悩んでしまったときは、大きな存在に目を向けてみるといい。自分の悩みなどいかに小さいものかと自然と思えてくるかもしれない。それに、現在自分がすごいとうらやんでいるあの人も、落ち込んでしまう自分自身も、少なくとも100年後にはみんな死んでいる。だったら、今、目の前にあるアイスをおいしく食べて、幸せだなぁと感じたほうが有意義だと思う。

　といった感じで、人と比較して落ち込んでしまったときは、このような考え方を頭の中で並べてみて、自分を落ち着かせるようにしている。

　でも、最近思うのは、「そもそも比較って、そんなに悪くもないかも」ということ。比較があるからこそ差異が生まれ、それが個性になる。また、劣っていると思うからこそ、もっと頑張ろうと思えるし、他人に対するうらやましさの中に、自分の本当の欲望がある。その欲望に気づくことで、自分が本当にありたい姿に近づくことができるかもしれない。

　嫉妬は、ある意味、自分を映すいちばんの鏡と言える。

　比較による苦しみはできるだけ回避しつつも、比較自体を肯定的にとらえて、それを自分に活かすことは大いにありだと思う。

比較して嫉妬してしまう
対象の中には…
いーなー!!
頭よし
顔よし
絵がうまい
人気者
明るい

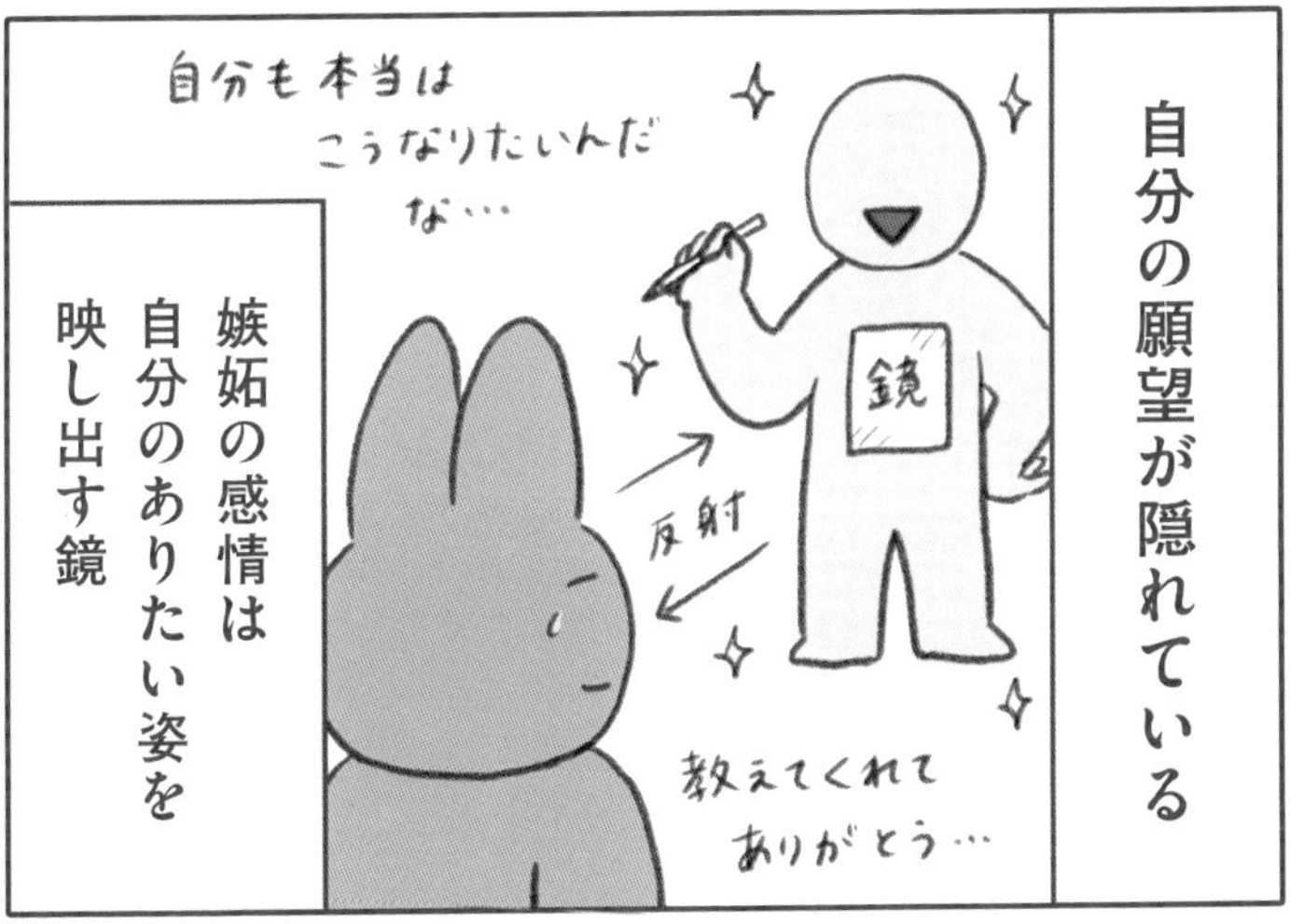
自分の願望が隠れている
自分も本当はこうなりたいんだな…
鏡
反射
教えてくれてありがとう…
嫉妬の感情は
自分のありたい姿を
映し出す鏡

何度だって生まれ変われる

3年間、毎日ツイッター（現Ｘ）で発信をしていたら、おかげさまでたくさんの人に見てもらえるようになった。でも、同時に不安を感じるようにもなった。自意識過剰と思ってもらってかまわないのだが、今までたくさんの人に見てもらえたのは、自分がうつで、仕事もなく、暗い人間という「キャラ」があったからであり、そうでないことを発信したら、フォロワーさんは離れてしまうんじゃないかと思いはじめたのだ。

実際、フォロワーさんから「これからも変わらないでいてくださいね」とリプをもらったことがあり、あなたが思う理想の自分でいられなくてごめんなさいと、心の中で謝罪したのはつい最近のことである。

自分の本心を自由に描きたいと思ってはじめたＳＮＳなのに、結果的に自分がつくり上げたキャラにしばられて、より不自由になっていくのを感じていた。なんだか窮屈だなと思うことも増えた気がする。

でも今の時代、ＳＮＳがあれば、自分という存在（アカウント）を複数持つことができるし、何度だってやり直せる。もしもこの先、「なおにゃん」としてのキャラに疲れ、限界を感じるようになったら、そっとその場を離れて、また新しい自分になればいい。現実の自分だけが「自分」ではない。何度だって、生まれ変われる。そんな自分でありたい。

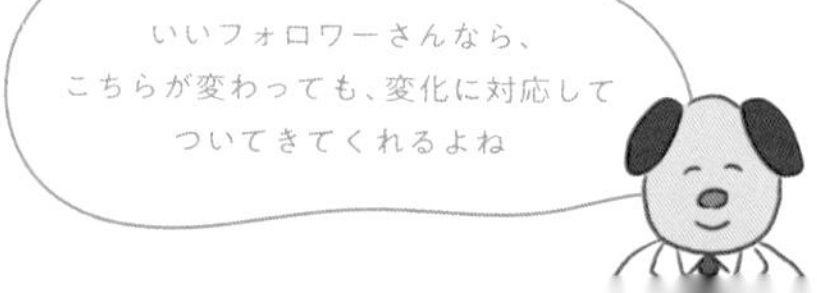

自分でキャラを
つくってしまうと
それにしばられて
うう…自分は
このまま変わっ
たらいけないの
だろうか？明るく
元気な人間になったら
今まで見てくれた人たちは
離れてしまうのだろうか？
でもずっと変わらない
のもそれはそれで
不自然な
ことではな
いか…
無理をしてしまう
こともある
※自意識
過剰です
でも人は変わるのは
当たり前だし
できるだけ
自然体でいたい…
キャラにとらわれず
できるだけありのままの
自分でありたい

人の活躍が不快だと思う気持ち

おかげさまで最近は、イラストの仕事をもらえるようになってきた。今まで仕事がなくて絶望していた自分からすると、大変ありがたいことである。でも、仕事の成果などをＳＮＳで報告すると、フォロワーさんからこんなダイレクトメッセージが届いたりする。

「なおにゃんさんのツイートを見ているとはげまされます。応援しています。でも仕事の報告をされると、とても落ち込んでしまいます」

うぅ、っと思う。とはいえ、直接の知り合いでもなければ友達でもない人に、どうしてそんなことを言われなければならないのか。自分が仕事をしたことで、相手が落ち込んでしまうとして、それをわざわざ伝える必要はあるのだろうか。仕事をする自分が悪いのだろうか。

ご活躍をお祈りしていますと言う人に限って、相手が本当に活躍すると怒ってくる現象ってある。要は、相手を本当は下に見ていたいんだと思う。相手が変わることが許せなくて、裏切られたと思ってしまうのだろう。でも、その気持ちもすごくわかる。人の活躍って正直イヤだよね、特に自分がうまくいっていないときは。気持ち、よくわかる……。

だから、自分は怒らない。むしろ、すみませんでした、と謝るようにしている。やっぱりこの世界って生きづらいなぁと思いながら。

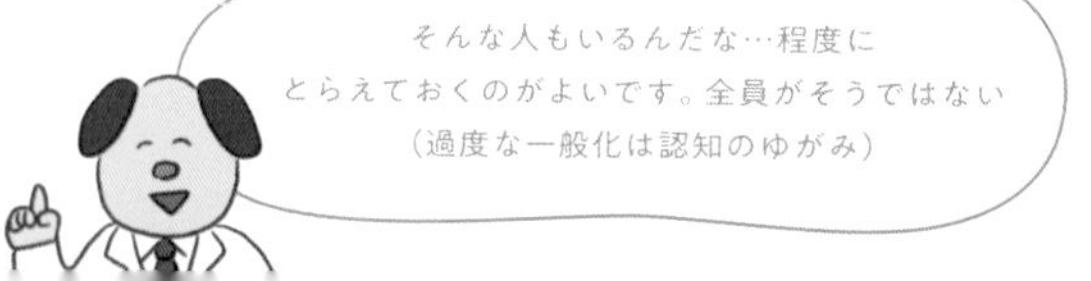

SNSをやっていると
見ず知らずの人に
負の感情を抱いてしまう
こともあると思う
なんかイヤ
だなぁ…
（自分もそういうときが
あるのですごくわかる）
でもその感情を直接本人に
ぶつけるのはやっぱり違う
ゴゴゴゴ…
思うこととぶつけることの
間には越えてはいけない
大きな隔たりのような
ものがあると思う
越えた瞬間
自分にとって大切な
何かを失う崖がある

見切れているあなたがすばらしい

アイドルのオーディション番組にハマっている。そして、その中で「推し」を見つけて、デビューに向けて応援することが大好きである。

でも、あるとき、「推し」ってなんだろうと考えた。数ある練習生の中で、この人を応援したいと思う決め手って、自分にとって何なのか。

アイドルになるような人には、いろんな魅力がある。顔、歌、ダンス、性格……と十人十色である。でも自分の場合「あ、推したい」と思う人の特徴は、画面から見切れているときでも、全力でパフォーマンスをしている人だなと思った。それは、センターの人が歌う後ろで、必死に踊っている手だけが見えたとき。サポートとして後ろで声を張りながら歌う声が聞こえたとき。真ん中でしゃべっている人の後ろで、半分見切れているけどニコニコしているのが見えたとき。そういう瞬間、なんだか涙が出るほど感動してしまう。その人を心から応援したいと思う「推し」になる。そして、これって日常生活でも当てはまるような気がした。

主人公になれなくてもいい。見切れている存在でいい。切り取られたその一瞬に、あなたが何かを頑張っていたら、きっとそれを見ている人はいる。そして、その姿は誰かを感動させるだろう。少なくとも自分は、そういう人を見かけたら、全力で「推し」たいなと強く思うのだ。

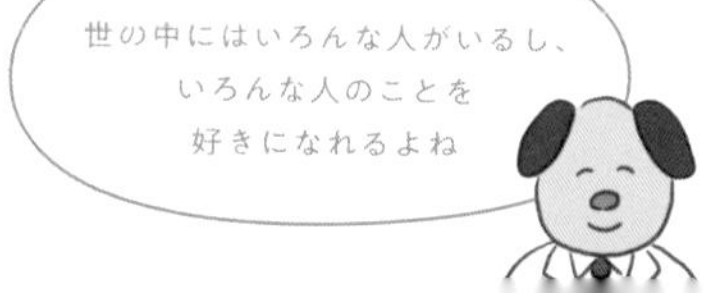
世の中にはいろんな人がいるし、
いろんな人のことを
好きになれるよね

必死で踊る
手が見えたとき
メインボーカルを
引き立てる歌声が
横から聞こえたとき
イェイ
イェーイ
見切れている
画面の隅で満面の
笑みが見えたとき
好き…！
推す…!!

人と関わりたい気持ちと関わりたくない気持ちの狭間で

大人になると、本当に友達ができなくなる。

自分はもともと友達が少ないのだが、フリーランスで家にこもって働いていると、家族以外で人と外で話すのは、正直、月に一人か二人である。ＳＮＳはさびしさを強制的に連れてくる。日々、みんなが楽しそうに交流している姿が否が応でも目に入ってきて、不安に襲われる。

自らこの働き方を選んだのに、狭い家の中で絵ばかり描いている自分は、人間として出来損ないで、成長を諦めた存在のように思える。なんだかさびしくて、真夜中に布団の上で正座をしてしまうこともある。

そこで、少しずつ人と関わる数を増やしていこうと思い、新刊が出たら、トークイベントをやらせてもらったりした。フォロワーさんと話せてうれしかったし、自分の話もできてよかったなと思う。

でも、人前で話すにはお酒の力が必要で、イベントがはじまる前は緊張で安定剤を飲んでしまった。帰宅した後も、もっとこう話せばよかったと激しい後悔に襲われた。でも、人と関われる人を見て、憧れと嫉妬心を抱いてしまうのなら、自分もそうなりたい。その景色を見てみたい。

諦めと、諦めたくない気持ちを交互に感じながら、今日も「大人　友達　つくり方」で夜な夜なネット検索している。

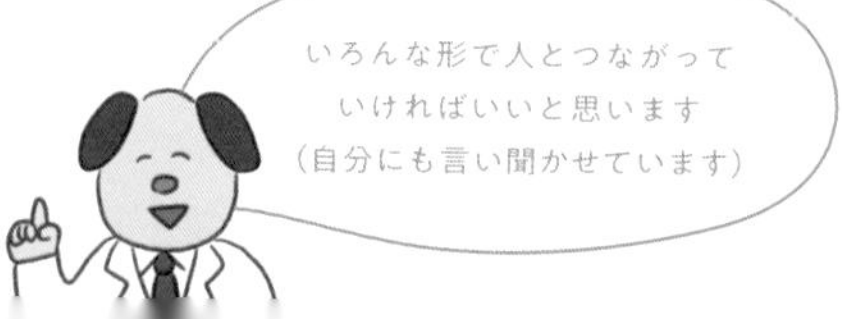
いろんな形で人とつながって
いければいいと思います
（自分にも言い聞かせています）

人と関わりたいと思い飲み会に参加するが…
外の世界も楽しいなー
ときどき外で人と話すのも刺激的で楽しいな～
でも結局疲れてしまう
あー… なんであのとき、あんなこと言っちゃったんだろう…
つらいつらい… つらい…
自分はどうなりたいんだろう…

陰キャ向けの時代へ

自分は、いわゆる「陰キャ」として半生を過ごしてきたように思う。本当は人と関わりたいのに、うまく関わることができないし、傷つくことを恐れて一人でいることが多かった。そして、そんな自分に長年コンプレックスを持っていた。でも最近、時代が変わったように思う。

特にコロナ禍以降、リモートワークが広まり、人と会わずに仕事ができるようになったし、職場での飲み会も減ったと聞く。また、ここ数年で動画配信サービスなど、外に出ずとも楽しめることが格段に増えた。

そもそも、外に出て人と遊んだり、飲み会などをしたりすれば、当然お金がかかる。その点、陰キャは無駄な交際費を払わずに済む。そう考えると、なんだか陰キャってお得だなと思えてきた。昔よりもずっと、陰キャが楽しく生きられる時代になってきていると思う。それに、人間、死ぬときは一人だ。たくさんの人とワイワイ楽しく生きることにも憧れを抱くが、最終的には人間は孤独な存在である。

歳を重ねれば重ねるほど、大切だった人との別れを経験し、孤独というものが実感として怖くなる。その点、陰キャは早い段階から、自分でも気づかぬうちに孤独耐性のトレーニングを積んでいる。真の心の強さを持っているのは、もしかしたら陰キャという存在なのかもしれない。

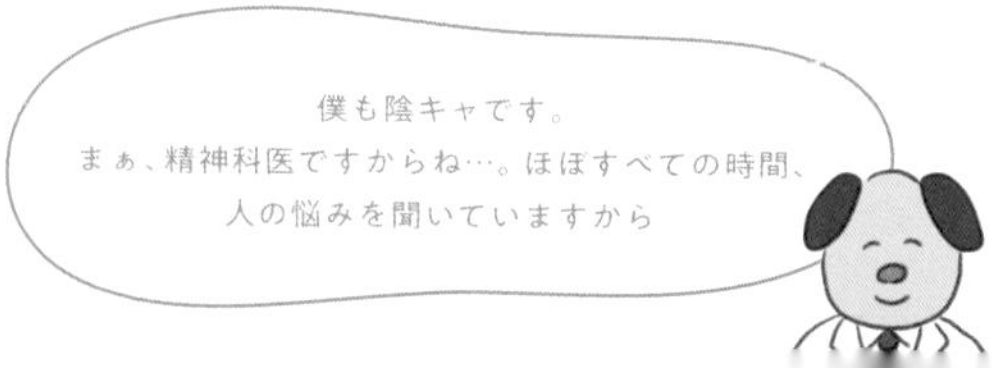
僕も陰キャです。
まぁ、精神科医ですからね…。ほぼすべての時間、
人の悩みを聞いていますから

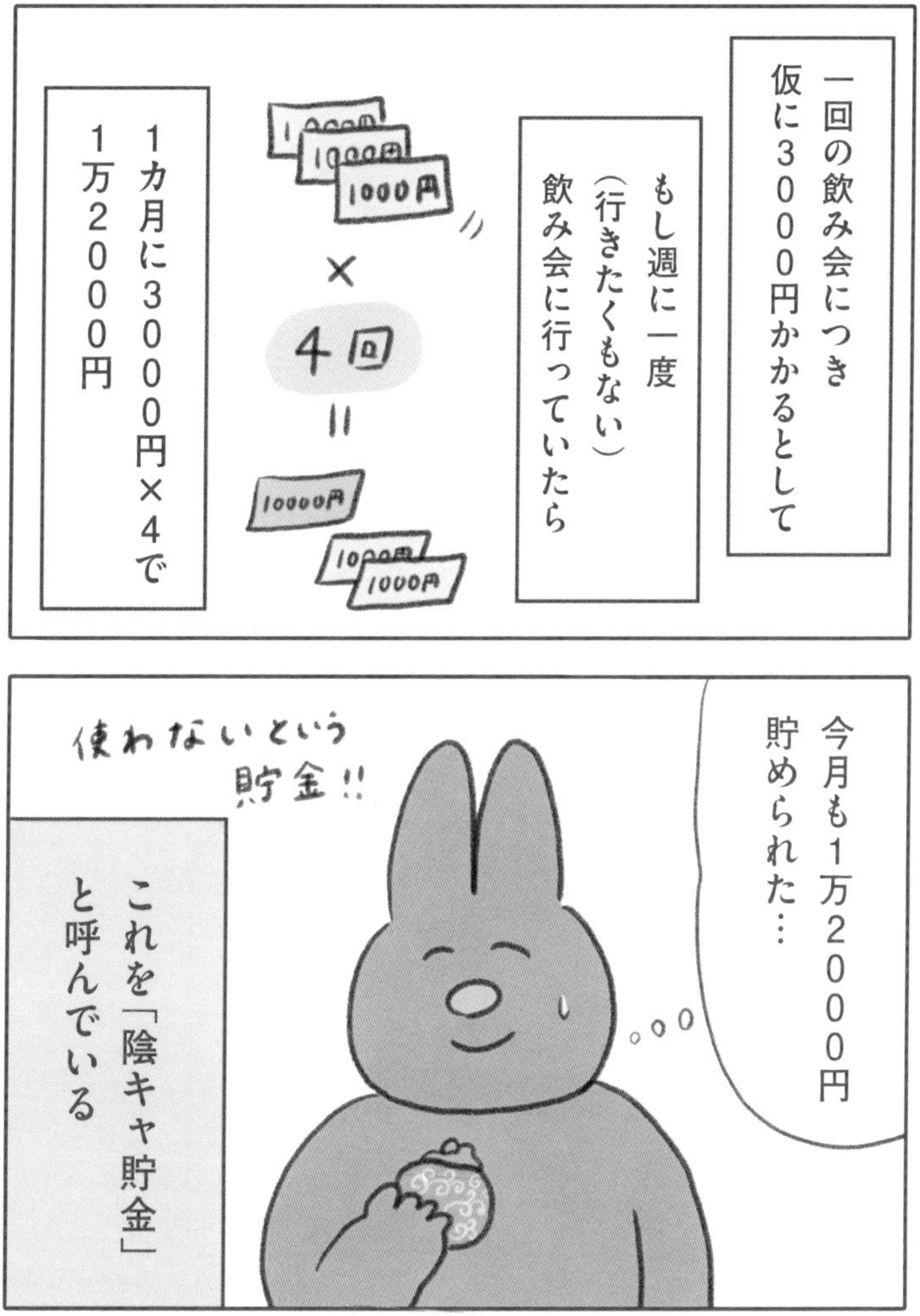
一回の飲み会につき
仮に3000円かかるとして
もし週に一度
（行きたくもない）
飲み会に行っていたら
1000円
1000円
1000円
×
4回
＝
10000円
1000円
1000円
1カ月に3000円×4で
1万2000円
今月も1万2000円
貯められた…
使わないという
貯金!!
これを「陰キャ貯金」
と呼んでいる

傷つくのを恐れず動いてみたい

人付き合いは
未だに難しい
カチャ
カチャ…
夜な夜な
「大人」「友達」「つくり方」
で検索する
今度
遊ぼう～
そう言われて
喜んでも
うん!!
これって
友達ってこと!?
ドキ
ドキ
「今度」なんて
永遠にやって
こなかったりする
ずっとメールの返信を
チェックしている
じーーっ
返事っていつ
来るんだろう?
こういうのって
自分から聞いても
いいんだっけ?

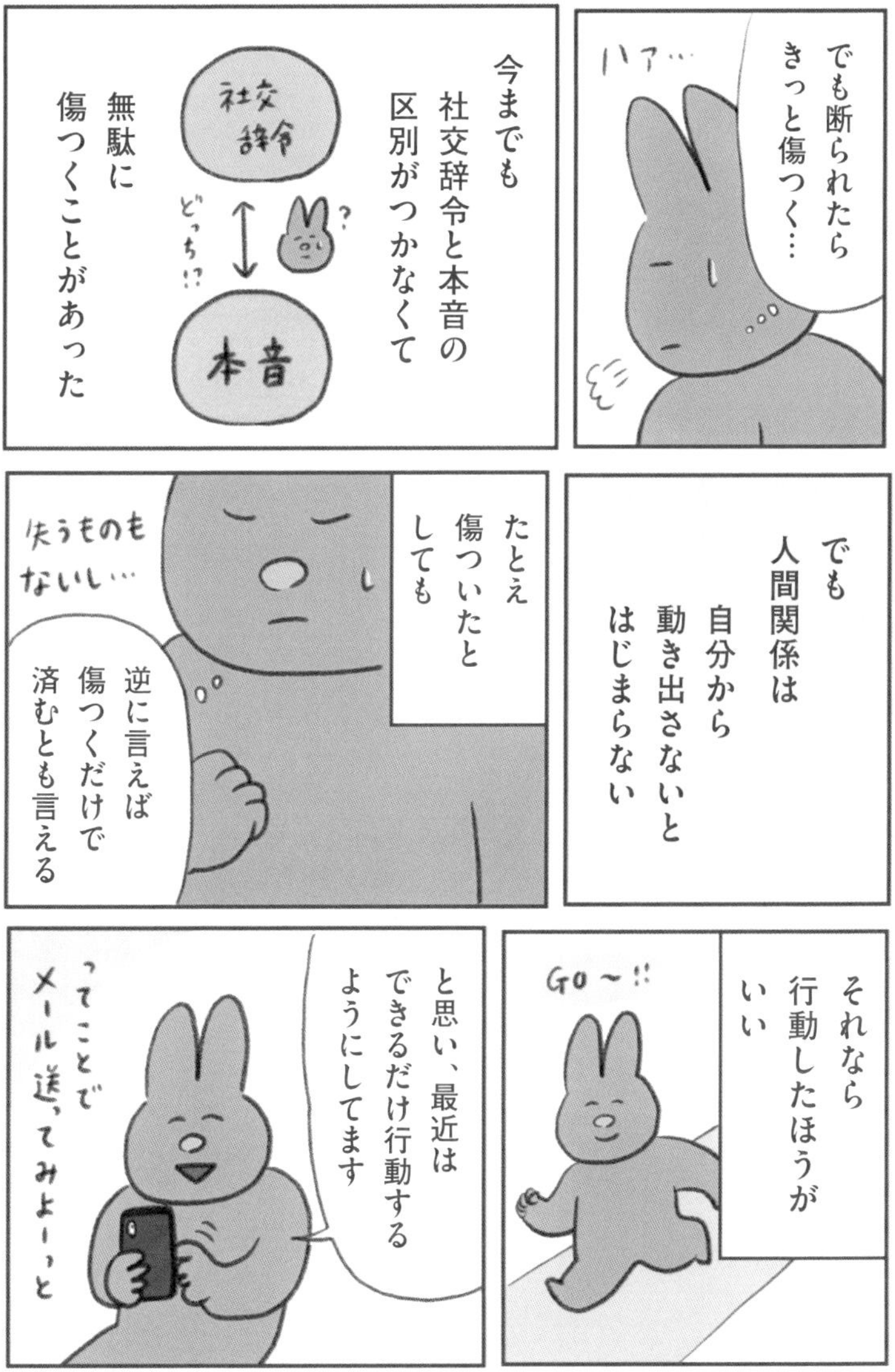
でも断られたらきっと傷つく…
ハァ…
今までも社交辞令と本音の区別がつかなくて
社交辞令
どっち!?
本音
無駄に傷つくことがあった
でも人間関係は自分から動き出さないとはじまらない
たとえ傷ついたとしても
失うものもないし…
逆に言えば傷つくだけで済むとも言える
それなら行動したほうがいい
GO~!!
と思い、最近はできるだけ行動するようにしてます
ってことでメール送ってみよーっと

うまくいかない原因って
結局はよくわからない

人付き合いって、難しいですよね。

うまくいかないのは自分の問題かもしれないし、相手の問題かもしれない。もしくは、それぞれには問題がないけれども、ただ相性が悪いがゆえに、問題が起きているのかもしれない。

なので、あまり自分を責めないでほしいな、と患者さんと話していて、いつも思います。まわりの人がいろいろ言っていても、そもそもよくわかっていない人たちがあれこれ言っているだけなんだから、そこまで気にする必要もない。

自分を責めすぎず、うまくやり過ごす方法を覚えればいいんじゃないかな、とよく思っています。それを実際に伝えることもありますし、なんか言える雰囲気じゃないな、と思ったら、その場では言わず、タイミングを計って伝えたりしています。

そもそも人付き合いってとても難しいものだし、誰もがうまくできているわけではないんですよね。ただ、まわりの人は自分の下手さを気にしていないだけで。そんなものです。

もちろん、ものすご～く下手な人もいます。そういう人は、精神科を受診することも視野に入れてみてください。一緒に考えたり、トレーニングをしながら、コツをつかんでいけますよ。

第3章

親は親、自分は自分でいいのかも

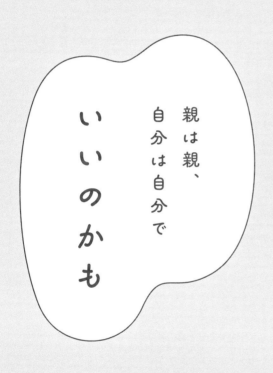

たとえ親の理想と違うとしても自分の人生を生きたい

じつは「なおにゃん」というアカウントは親バレをしている。２作目の著書である『１００年後にはみんな死んでるから気にしないことにした』の発売前の宣伝のため、ツイッター（現Ｘ）で本の内容について発信したタイミングだった。母から突然電話がかかってきたのだった。

「ねぇ、そんな本出して大丈夫なの？」

全身が凍りついた。だって、今までなおにゃんとして発信していることを話したことはなかったし、うつで休職した過去も親には隠していたのだから。でも、全部バレていた。ツイッターで発信している暗く情けない内面も、ときには親を責めるようなイラストを描いていたことも。ものすごく恥ずかしくなり、同時にものすごい罪悪感に襲われた。スマホを持つ手はガタガタと震え、緊張で喉はカラカラになった。

どうやら絵本作家としての自分の名前を検索していたときに、どこかで情報がつながったらしい。母はただ心配なようだった。でも、羞恥心と罪悪感がごっちゃになった自分は、そんな母を責めてしまった。なんで気づいていないふりをしてくれなかったのか。それを伝えて何になるのか。そして、これは自分のやりたいことであり、今やっていることに満足していると半ば強引に伝え、電話を切った。でも、そんな言い方で

母を責めてしまったことを後悔して、電話を切ったあと、泣いた。

できれば知られたくなかった。うつで休職していた過去や、自分の心の悩みを発信するアカウントのことなんて。

本当はもっと前から知っていたのかもしれない。見つけたときは、きっとショックを受けただろう。自分は親の前では、前向きで明るく、うつとは無縁の人間を演じてきたから。特に母は真面目で努力家で、悩んだり気にしたりする性格を否定する、自分とは真逆のタイプの人間であった。それに人一倍心配性で、電話に出ないだけで大騒ぎするような人だったので、言えなかった。だって心配性の人に、心配なんてかけられない。でも、結果的に余計な心配をかけてしまった。

ようやく見つけた自分の居場所だった

ツイッターで暗い内面を打ち明けると、優しいフォロワーさんたちは、共感の言葉をくれる。書いてくれてありがとうと、お礼の言葉まで言ってもらえることもある。絵本の仕事だけだったときは、イラストを描いてもほとんど見てもらえず、うつで休職したときも、誰も自分の話なんて聞いてくれないんだとずっとさびしかった。世界から拒絶されている

ような気持ちだった。でもＳＮＳで発信するようになってから、ようやく自分の声を聞いてもらえるんだと、少しだけ自信が持てるようになっていた。たかがＳＮＳ。でも、それは確かに自分の居場所だった。

しかし、それによって、家族を傷つけてしまった。

自分はなんだかんだ言っても家族のことが大好きだ。幸せになってほしいし、心配なんてかけたくない。でも悲しませてしまった。自分は何がしたかったのか？　大切な人を悲しませてまでやる意味って？　わからなくなった。隠していてごめんなさい。心の中でたくさん謝った。しばらくそれを繰り返して、本が出る頃には、吹っ切ることにした。

そりゃ、できることなら知られたくなかった。でも、反抗期もなく、親の顔色ばかり窺ってきた自分にとって、これはあらためて自分の人生を生きるチャンスなのかもしれないと思うようになった。たとえそれで家族を悲しませてしまったとしても、自分の本当の姿はこれである。そして、それをずっとどこかで表現したかった。誰がなんと言おうと、自分は自分の思いを表現したい、これからも。そうあらためて覚悟を持つことができた。親のための人生を生きていたら、自分でなくなってしまう。大切なのは、誰のものでもない自分の人生を生きることだ。

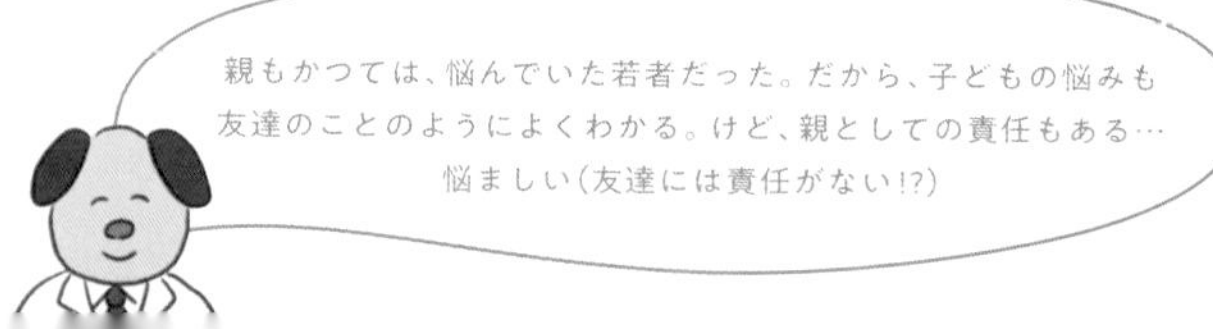

メンタルアカウントが
親にバレたときは
つらかった
休職してた
こともバレした…
終わった…
きっと親も
ショックを受けた
だろう
自分は昔から親の
前では明るい子ども
を演じてきたから
悩みなんか
ひとつも
ないよ〜
ものすごく
申し訳なかった
でもこれが自分
だから仕方ない
本当の意味での
家族の関係性を
見つめ直したい

「経験したことがない」を超えるもの

　じつは1年ほど前から、父の調子がすぐれない。母曰《いわ》く、いつも無気力で寝てばかりだったらしく、今年の初め、ついに父を心療内科に連れていったようだ。診断はうつだった。しかも重症だったらしい。

　うつは、風邪のように、薬を飲んだらハイ治りました、みたいなものではない。もっと早く気づいてあげられたらよかったと後悔した。しかし、父の容態以上に、もっと心配になることが家庭内で起こっていた。

　それは、うつになってしまった父と、それを受け入れられない母との衝突であった。衝突と言っても、一方的に言い立てる母に対し、言い返す気力と力もない父は、何も言わずにただ黙って寝ているだけなのだが、側《はた》から見ていても、ややピリッとする空気が家庭内に流れていた。

　父がうつであると母から聞いて、慌てて実家に帰省したとき、父はふだんと変わらず、テレビなどを見ながら元気そうに過ごしていた。思ったより大丈夫そうだと安心したが、その日はきっと無理をしていたんだと思う。そして、母は母で思い悩んでいる様子だったので、二人を観察するつもりでその日は実家に泊まることにした。

　朝、目を覚ますと、二人の部屋からこんな声が聞こえてきた。

「いつまで寝ているつもり？　そうやって心配かけて楽しい？　結婚し

てからずっと心配ばかりかけられて、私の身にもなってよ」

どうやら寝ている父の横で、母が怒り気味で父に小言を言っている。いつも寝てばかりいる自分も怒られている気分になり、恐ろしさのあまり飛び起きた。そして、これはさすがにやばいと思った。

「お、お母さん、そんなこと言ったら、お父さんがかわいそうだよ」

慌てて止めに入った。そして、そんなことを言ってしまう母の気持ちが理解できなかったので、ちゃんと聞いてみようと思った。

初めて考えた「生真面目」で「努力家」な母の気持ち

母はこう言っていた。いくら父がうつだからといって、それに甘んじて寝ているだけでは、病気はよくならないのではないか。そして母も、一日中寝ている父を見るのがつらい。言いたくて言っているのではないし、キツく言ってしまった後は自己嫌悪で落ち込んでしまう、と。

そうなんだ、と思った。でも、自分はうつの経験もあるし、起き上がれないつらさもわかるので、正直、母は優しくないなと思ってしまった。

母は昔から生真面目で努力家で、「頑張れ」という言葉が口癖のような人だった。さらに、母はうつになった経験もないから、うつのことを

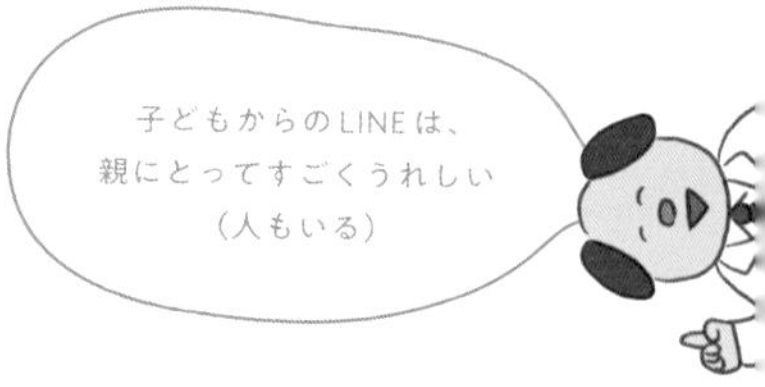

理解できない。経験したことがないことは理解ができない、それは当然のことだ。でも、理解しようと歩み寄る努力をすることはできる。

どうしてそれができないのだろう。母に苛立《いらだ》ちを感じてしまった。でもそう思った後に、気がついた。そういう自分も、母と同じ人間になったことがないから、母の気持ちが理解できていないということに。

自分がもし母と似た性格で、母と同じ状況だったら、同じようなことを父に言っていたかもしれない。世の中にはいろんな人がいて、趣味にしても性癖にしても、ときには自分の理解が及ばないものを愛し、同時に悩み、傷ついている人がたくさんいる。母は母で傷つき、つらい思いをしているのかも。それは、母という一人の人間にしかわからない。

自分はうつの人を見守る家族のつらさをちゃんと想像したことがなかったことに気づいた。うつを理解できない母と、その母を理解できない自分は本質的には同じものであり、母だけを責めるのは違うと反省した。

自宅に戻ってからは、実家の父と母に対して何かできないかと思い、二人にＬＩＮＥを送ることにした。内容は「元気？」「大丈夫？」「ゆっくり休んでね」のようなひと言だったり、猫の写真だったり。大した内容ではないが、定期的に送ることに意味があると思い、続けている。

その後、父も
友達と旅行に
行けるまでに
回復した
登山に行って
きました！
父より
よかった…

親族の死に対して過剰に悲しむことはやめようと思った

自分はいわゆる「おじいちゃん、おばあちゃんっ子」で、子どもの頃は、仕事で忙しい父と母に代わり、実家の近くにある祖父母の家で面倒を見てもらっていた。祖父母はとても優しくて、家に遊びに行くたび「よく来たね」と笑顔で迎えてくれた。自分は孫の中で唯一の女であったこともあり、特にかわいがってくれていた。たとえば、自分がチラシの裏に絵を描けば「上手、上手」と褒めてくれて、立派な額に入れて飾ってくれた。電話で「遊びに行きたい」と伝えれば、祖父はたとえどんなところにいようと、ドーナツを買ってすぐに車で迎えに来てくれた。父と母は厳しかったが、祖父母の家は楽園のように自由で穏やかだった。

成長するに従い、世界は自分を中心に回っていないという当たり前の現実を思い知り、ときには傷つくことがあっても、祖父母の家に行くと、どんな自分も肯定してもらえるような気がした。この世界の主人公にはなれなくても、祖父母の前ではいつも主人公でいられたし、この人たちの前ではありのままでいてもいいんだと思えた。祖父母の存在は、心地いい居場所であると同時に、自分を肯定できる心の避難所でもあった。

そんな祖父が2022年に亡くなった。享年93歳。大往生だったと思う。晩年は認知症が悪化し、介護施設に入居していた。コロナ禍で面会

が禁じられていたので、祖父とはほとんど会えずにいた。体調がよくないと母から聞かされてからは、自分なりに覚悟はできていたつもりだった。でも実際に訃報を聞いたときはあまりにショックで、まるで絞り切った雑巾をさらに絞ったときのように胃腸がギュウッと締め付けられ、激痛と共に涙が止まらなくなった。これが本物の悲しみか、と思った。

葬儀が終わった後も、悲しみは続いた。親族が亡くなる経験があまりなく、死を受け止める強さをまだ持ち合わせていなかったのもある。いい加減、元気にならなきゃと自分を鼓舞するものの、祖父に二度と会えないのかと思うと、崖から突き落とされたような気分になった。

後悔しても、もう祖父はいない

祖父が介護施設で暮らすようになってから、正直会うのが怖くなっていた。あの頃の祖父と別人になっていたらどうしよう、自分のことなんて忘れてしまっているかもしれないと、なかなか足を運べないでいた。あんなに大切にしてもらったのに、自分はなんて薄情なのだろう。せめてお礼の言葉を伝えたらよかった。何度も後悔の念に襲われた。何をしても気が晴れず、どうにも立ち直れない日々をしばらくの間送っていた。

でも、あるとき、これが逆の立場だったら、とふと想像してみた。自分のことを思ってくれること自体は、ありがたいかもしれない。でも、ずっと悲しんでいたら、逆に申し訳ない気持ちになる。自分なんかのために泣かないでほしいし、むしろ早く忘れて、明日からまた楽しく生きてほしいなと思う。それが自分にとって大切な人だったらなおさらだ。

もしかしたら祖父も同じかも。だったら、悲しみすぎることは逆に失礼にあたるかもしれない。悲しみに暮れるのではなく、むしろいつも通りに過ごしたほうが、祖父にとって幸せなのかもしれない。

よく「こんなに悲しんでもらえて幸せだ」「天国にいるあの人も喜んでいる」という表現をすることがある。実際、残された人の悲しみは本物だし、故人が愛されていたという事実はすばらしい。でも、それだけが愛情の深さではないような気がする。故人を思うからこそ、あえて泣かないこともひとつの愛情の証であるように思う。故人にとって何がいちばんうれしいのかを考えて、静かに実行すること。故人を思い、敬《うやま》うということは、本当はそういうことなんじゃないだろうか。

祖父だったら、きっと自分が元気でいることがうれしいに違いない。だったらそれに応えよう。そう思ったら自然と前を向くことができた。

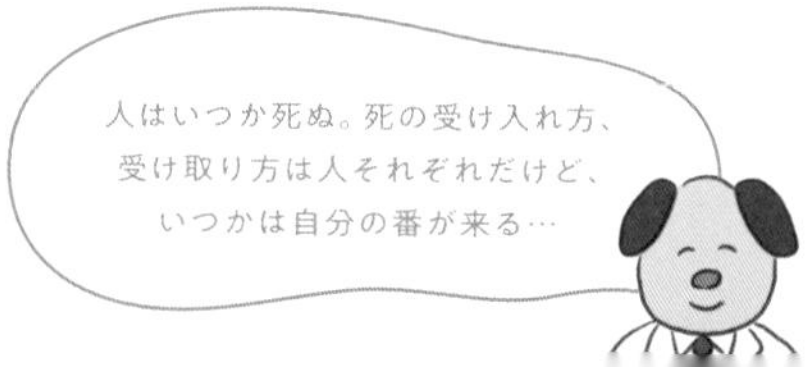
人はいつか死ぬ。死の受け入れ方、
受け取り方は人それぞれだけど、
いつかは自分の番が来る…

祖父が亡くなったとき
父は悲しんでいた
その一方で叔父はケロッとしていた
さっさと献杯しちゃいましょう
同じ親から生まれた兄弟なのにぜんぜん違うな
正反対…!?
当時はそう思っていたが
明るくふるまう「優しさ」もあるよなと今では思う
こういう人もきっと必要だ…

嘘をつくという優しさを尊重したい

自分の祖父母は、80歳を過ぎるまで二人で暮らしていたが、認知症が悪化してからは、祖父は介護施設で生活を送るようになった。祖母は実家で自分の両親と暮らしていたのだが、数年前から足腰が弱り、一人では身動きが取れなくなってしまったので、祖父とは別の介護施設で生活を送るようになった。つまり二人は夫婦といえども、別々の場所にいた。だが、そんな祖父も２０２２年1月、老衰でこの世を去った。コロナ禍のため、葬儀は身内だけでひっそりと行なわれた。でも、そこに祖母の姿はなかった。祖母には祖父のことを伝えていなかったからだ。

　祖父が亡くなったとき、祖母もまた体調を崩してしまい、入院生活を送っていた。そんなときに祖父のことを伝えたら、精神的にも肉体的にも参ってしまうのではないかと心配した父と母は、伝えないでおこうと決め、自分もそれに合わせることにした。自分たちは、祖父は変わらず別の介護施設で元気に暮らしていると、祖母に嘘をつき続けている。

　嘘はよくない。できるなら人にも自分にも、嘘のない生き方をしたい。でも、つらい現実をありのまま受け止められるほど、みんなが強くはないし、真実を言わないほうが、ラクでいられることもたくさんあると思う。他者を思ってつく「優しい嘘」を自分は肯定したい。

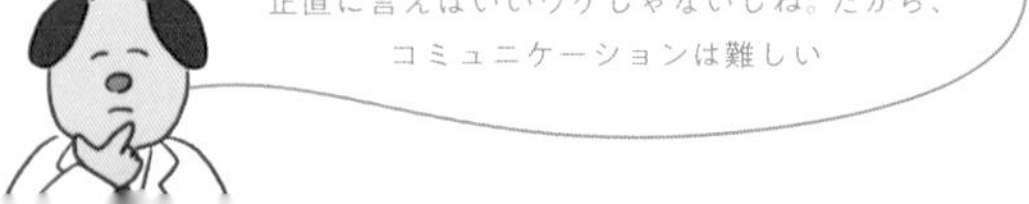
なんでもかんでも、すぐに言えばいい、
正直に言えばいいワケじゃないしね。だから、
コミュニケーションは難しい

おばあちゃん
元気〜？
おじいちゃんも
ホームで元気で
やってるみたい
だよ〜！

おじいちゃんが
亡くなったなんて
言えない…
嘘ついて、ごめんね…

時代の変化を受け入れられるようになりたい

最近は、実家に帰るのが少しだけ憂鬱だ。

実家は、今住んでいる街からも比較的すぐに帰れる距離にあるのだが、それでも帰省するたびに物悲しい気持ちになってしまう。

駅に降り立つと、知らない商業施設やホテルがそびえ立つ一方で、子どもの頃にお小遣いを貯めて、友達とシールやペンを買いに行った文房具屋さんはなくなっている。街でいちばん大きかった本屋さんは、ビル自体が取り壊された。大好きな祖父母の家も、今はもう誰もいない。

実家の玄関を開けると、いつも通りの笑顔で両親が迎えてくれる。でも、昔より体は細くなったし、全体的に小さくなった気がする。子どもの頃から一緒に暮らしていた猫も数年前に亡くなった。

街は変わり、人も変わる。当たり前のことだが、ときどき泣きたいくらいさびしくなる。かつて自分が使っていた部屋で寝転び、古びた壁紙を見ていたら、自分だけが子どものまま、取り残されているような気分になる。変化が苦手だ。できれば、何も変わらないでいてほしい。

でも生きるとは、諦めながら、変化を受け入れることなのかもしれない。変化はときにさびしさと痛みをともなうが、その痛みごと受け入れていく心の強さがもっと欲しいなと思う。

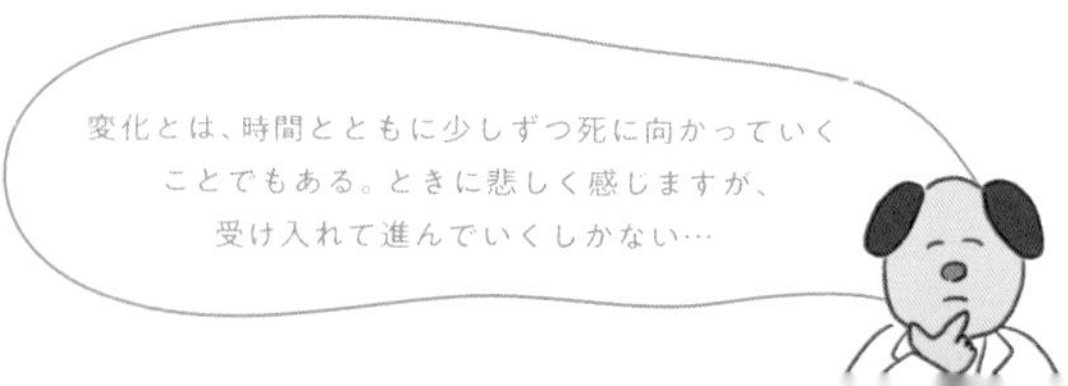
変化とは、時間とともに少しずつ死に向かっていくことでもある。ときに悲しく感じますが、受け入れて進んでいくしかない…

2年前から
実家では猫を
飼うようになった
ミキャ〜
ミィ〜
兄妹ねこ

新しい命が加わることで
さびしさが少しだけ
解消される
かわいいい!!
また遊びに
来るねー
これも生きる上での
ひとつの工夫

その後 親だけでなく
もしかして「なおにゃん」というSNSをやっていますか?
3歳上の兄
実の兄にもなおにゃんアカウントがバレてしまった
もはやショックというよりも
開き直り
精神的露出狂で〜す!!
ハラおどりしたい気分
でも一応謝った
心配かけてごめんね…
変な妹でごめんね…
ポンッ
するとこんなメッセージが送られてきた
＜お兄ちゃん
既読 20:45
変な妹でごめんね…
ただ、なおこが発した言葉でいろんな人が助かっているとしたら兄として誇らしいことです。

うわーーっ
兄もメンタルは強いほうじゃない
過労で入院してた
SNSをやっているとフォロワー数とかインプレッション数とか
表面的な数の多さばかりが注目されるけど
まずは家族とか
自分にとって手が届く範囲の
身近な人たちをもっと幸せにできたらいいなと思った

親の意見は参考にする
くらいの温度感でちょうどいい

親は親、自分は自分。なかなかそうは思えないですよね。

人間は誰しも、親を過度に理想化したり、恐れたりするものです。50歳ぐらいの社長さんが、90歳を超える先代の社長（父親）におびえていたり、経営のアドバイスを求めることもありますが、まわりで見ていると「生きてきた時代が違うし、ちゃんとした意見をもらえるのかな？」と思いますよね。

親なんかたいしたことはない。そこら辺のおじさんやおばさんと同じで、どこにでもいる平凡な人間の一人です。どんな成功者であっても、考えたことにはその人の「好み」が色濃く残ります。それが芸術家であっても、教師であっても同じで、子どもの世代のことなんて、そんなにわかっていないんですよ。

自分のことは自分がいちばんよく知っています。だから、自分の考えに自信を持っていいのです。不安になったら、誰かに相談したらいい。失敗したら、そのときまた誰かを頼ればいい。でも、その人を絶対視する必要はない。それが親であっても。

自分の幸せは、自分がいちばんよく知っています。だから、自分に自信を持ってください。親の助言は素直に受け取りつつも、すべてに従う必要はないと私は思います。

第4章

自分の感情に正直になっていいのかも

落ち込みやすい人ほど自分に期待しないほうがうまくいく

「そんなに小さなことで落ち込んでいたらこの先、生きていけないよ」

子どもの頃、担任の先生から何度も注意されたほど、自分は本当に落ち込みやすい性格であった。あるとき、なんでこんなにも落ち込んでしまうのだろうと考えて、気づいた。自分で自分に期待しているからだと。

もっとテストでいい点数が取れたはずなのに。もっとうまく会話がしたかったのに。いやいや、物事は自分の思い通りにはいかないし、思う以上に自分なんてたいしたことはないのが現実だ。

だったら自分に期待するのをやめようと意識した。すると、以前より本当に落ち込まなくなった。うまくいかなくても、まぁ自分なんてこんなもんだと開き直れるし、むしろチャレンジして偉いじゃん、と自分を褒める気持ちまで生まれた。また、物事をはじめる際にも余計なプレッシャーを感じずに済む。たとえば、今こうやって文章を書いているときも、どうせ自分なんてたいしたことないんだから、1行でもいいから書こうと思うと、結果的に最後まで書き切ることができる。自分に期待をしないことで、物事がプラスに働くことが多くなった気がする。

落ち込んでしまいそうなときほど、意識的に自分に対するハードルを下げて、どうせなら無駄に落ち込まない日々を送りたい。

「防衛的悲観主義」という、日本人は得意な考え方ですね。「どうせ悪いもの」と思えば、うまくいかなくても傷つかない（なぜなら、最初からうまくいくと思ってないから）。うまくいけばラッキー。生きているだけで丸儲《もう》け

自分に期待しないことで
うまくいく(こともある)…！
失敗しても
自分なんて
こんなもんだし
落ち込まない〜！
NO期待！
NO期待!!
ダメなのに
むしろ挑戦して
偉い〜！
NO期待!!!
どうせダメなんだし
とりあえず
やってみるか〜！

ネガティブな言葉に救われた思い出

うつで休職していたときは、本当にネガティブ思考のど真ん中にいた。現実を直視したくないばかりに、昼間からビールを飲んだりしていた。

でもある日、こんなに暗かったら死んでしまうかもしれないと突然不安に襲われた。もっとポジティブにならなくてはと、書店で自己啓発系の本を買いまくり、読み漁《あさ》った。でも、どの本も響かなかった。成功者や偉人の名言も、言葉がまるで入ってこない。申し訳ないが、どれも強者が語る〝上から目線〟の言葉のように感じてしまい、苦痛だった。

反対に、当時、芥川賞を受賞した西村賢太さんの私小説『苦役列車』を読んでみたら、とても心が動いた。そこに描かれていたのは、日雇いで働く、彼女も友達もいない惨めな男の姿であり、その主人公の抱く嫉妬にまみれた醜くも情けない感情がなんともリアルで、まるでパラレルワールドの自分のように思えた。そして、こんなに暗い自分もなんとか生きていけるかもしれないと、自《おの》ずと前向きになれたのだった。

世の中はポジティブ信仰が強い。だから時折、ポジティブにならなくてはと強迫観念に襲われる。でもそれだけがすべてではない。ネガティブな言葉は、ときとして誰かの心に寄り添うことができる。あなたのポジティブもすばらしいし、あなたのネガティブもきっとすばらしい。

ポジティブな言葉が
しんどい一方で
偉い人による
自己啓発本
立派な人の立派な言葉
死ぬ気でやれ!!
願えば叶う!!
夢を持て!!
んなこと
言われても
無理…
ネガティブな言葉に
救われるときもある
言葉が
入ってくる…
まるで
もう一人の
自分だ…
所詮精神的には
百人の友人よりも、
一杯のコップ酒のほう
がよっぽど心の支え
となるようでもあった。

傷によってつながれる

うつで休職中は、ほとんど誰にも会わずに一人で引きこもっていることが多かった。その反動か、ある日、突然人と話したくなり、浪人時代にお世話になった数学の先生と飲みに行くことにした。

居酒屋さんで、先生は数学の難しい話をしていた。正直、難しすぎてよくわからないなと思いながら聞いていた。そのうち、自分の話もしてみようと、現在うつで休職中だということ、働くことができずにつらかったことなどを話してみた。すると先生が突然泣き出した。父親から愛されずに不安な子ども時代を送ったこと、奥さんに逃げられてしまったこと、娘とうまくいっていないこと……。酔いが回ってしまったのか、シクシクと泣きながら語りはじめた。あぁ、この人の本質はこっちなのかと少しホッとした。その後は先生とカラオケに行き、公園で缶ビールを飲んだ。夏の心地よい風に吹かれながら、友達ができたと思った。

人間、誰しもいろんな傷を抱えている。どんなにすごい人でも。傷は外からは見えないし、恥ずかしさやプライドもあるから、つい隠してしまう。でも、本当に落ち込んだとき、傷が誰かの救いになることがある。傷を見せることで心が通じ合う。隠されているものにこそ真実がある。傷によって、人は深いつながりを持つことができるのかもしれない。

患者会や家族会という
ものがあります。それに近い
効果があったのかも？

このロクでもない人生に
カンパーイ！
傷ついた心

ビビりであることで生き延びられる

自分はＨＳＰ気質もあって、大きな音に弱い。乗りもののクラクションから、犬の吠《ほ》える声まで、大きな音がするたびに、心臓が飛び上がるくらいビクッとしてしまう。しかもそれを日々気にしながら生きているので、日常的にビクビクしている。いわゆる「ビビり」の人間である。

一般的にビビりは臆病者で、弱いというイメージを持たれることが多い。確かに何かあったときに、ビクビクおびえている人よりも、どっしり構えている人のほうが安心感はある。自分もできるならそうなりたいし、ビビりを早くやめたいと思っていた。でもビビリであることも大切であり、長所のひとつなのではないかと思わせてくれた人が過去にいた。

それは、２０１１年3月11日。東日本大震災が起こったときのこと。

当時、都内の11階にオフィスがある出版社で働いていた。突然、床からポコポコと何かが沸騰するような振動を感じた。揺れは徐々に大きくなっていく。「あ、これはヤバいやつ?」「逃げたほうがいい……?」と、まわりの人たちと目配せしつつ、ソワソワし出してから数秒後、まるで大海原に放り出されたかのような、とんでもない揺れに襲われた。本棚が倒れ、すべての本がバサバサと目の前に落ちていった。

後で聞いたところ、このビル自体が、まるでグミのようにグニャング

ニャンと折れ曲がっていたらしい。当然ビビリである自分は、「あ、人生終わったんだ……」と、数十秒がまるで何十分にも感じるような恐怖の時間を、机の下で泣きながら耐えていた。

　幸いにもオフィスは本棚が全部倒れた程度で、大きな事故は免れた。社内ではすぐに社員の安否確認が行なわれた。すると、隣の部署の先輩が姿を消していることがわかった。さっきまでいたはずなのに、いったいどこに行ってしまったのかと社内がざわついた。結局、30分ほど経ってから、先輩は戻ってきた。「地震だと思った瞬間、怖くなって外に逃げた。エレベーターも止まっていたから階段で下まで降りた」とのこと。その先輩は、社内でもひときわ大きく、プロレスラーのような屈強な身体の持ち主であった。そんな先輩が怖くて誰よりも先に逃げ、11階分の階段を駆け降りている姿を想像したら、なんだかすごいなと思った。

自分の中のビビリセンサーを信じて逃げるべきだった

　一人だけ逃げ出して、後から戻ってきた先輩は少し恥ずかしそうにしていたが、倒れた本棚を元に戻し、散らばった本を片づけながら、真っ先に逃げた先輩の判断は賢明であると思った。家に帰り、あらためて今

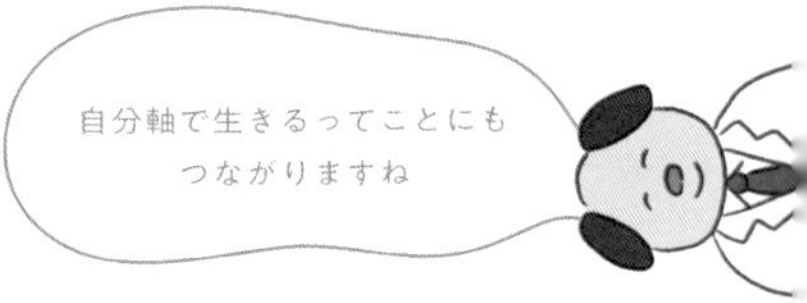

回の地震とそれに伴う被害の大きさをニュースで見たとき、どうしてあのとき自分はすぐに逃げなかったのかと後悔の気持ちに襲われた。

怖い、やばい、と自分の中のビビリセンサーが反応したら、すぐにでも安全な場所に逃げるべきだと思う。あのとき、自分は幸い大きな被害を受けることはなかったが、状況が違ったらわからない。まわりの空気なんて読んでいる場合ではなかったのだ。みんなは逃げていないのに、自分だけ騒いでかっこ悪いと思うかもしれないが、かっこなんてつけていたら自分の身は守れない。ビビりであることで生き延びられる。

それ以降、ちょっとでも地震を感じたときは、カフェでお茶を飲んでいる最中であろうと、カバンも持たずに外に逃げるようにしている。周囲の人と目配せしながら、「あ、これヤバいやつですかね……？」などと沈黙の会話をしている間に、それが大地震だったら巻き込まれてしまうかもしれない。その数秒があるのなら、パッと逃げたほうがいい。

地震はたいしたことはなく、一人だけ大袈裟に逃げたビビりなヤツとしてまた店内に戻ってくるのが常なのだが、それでいい。ビビりは自分を守るセンサーであり、自分を守る武器になる。恥ずかしさはもちろんあるが、自分を守る行動ができたのだと自分を褒めるようにしている。

わっ
地震だ
ガタ…
ガタ…
怖いよ〜
ピューーン
ふぅ…
大きい地震
じゃなくて
よかった
ホッ
でもお店の中に
戻るの
恥ずかしいな…
そろー…

老いを受け入れたい気持ちと受け入れたくない気持ちの狭間で

最近の悩みのひとつに「老い」がある。ここ2、3年で白髪もちらほら生えてきたし、頬が少し下がってきた気がする。鏡を見ては、こうやって人間は歳を取っていくのだな、と虚《むな》しい気持ちに襲われたりする。

とはいえ、自分はできるだけ老いに抗《あらが》いたい派なので、白髪も染めたし、先日、顔がリフトアップされるというレーザー治療も受けてみた。いわゆるアンチエイジングだ。正直、そこまで変化はないのだが、やらないよりはいい気がするし、これからも試してみたいと思っている。

でも、問題はお金である。アンチエイジングはお金がかかる。白髪なんて染めてもどうせまた生えてくるし、レーザーで一時的に頬が引き上がったところで、時間が経てば、結局重力に負けて下がってくる。時間と重力という物理法則には、決して抗うことができない。やはり老いを潔く受け入れ、諦めたほうがもっと生きやすくなるのでは、と自分を納得させたくなるが、なかなかそうは思えないのが現実である。

だって、自分のことを好きでいたい。下がった頬を見て絶望するより、たとえ勘違いだとしても、昨日よりハリが出た肌を見て喜んでいたい。

結局、幸せなんて自己満足。変に諦めながら生きるより、悩みつつも抗って生きるほうが、自分にとって幸せな気がする。今のところは。

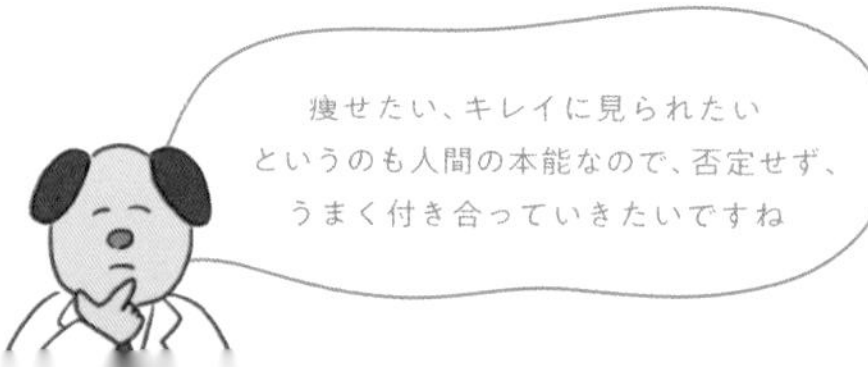
痩せたい、キレイに見られたい
というのも人間の本能なので、否定せず、
うまく付き合っていきたいですね

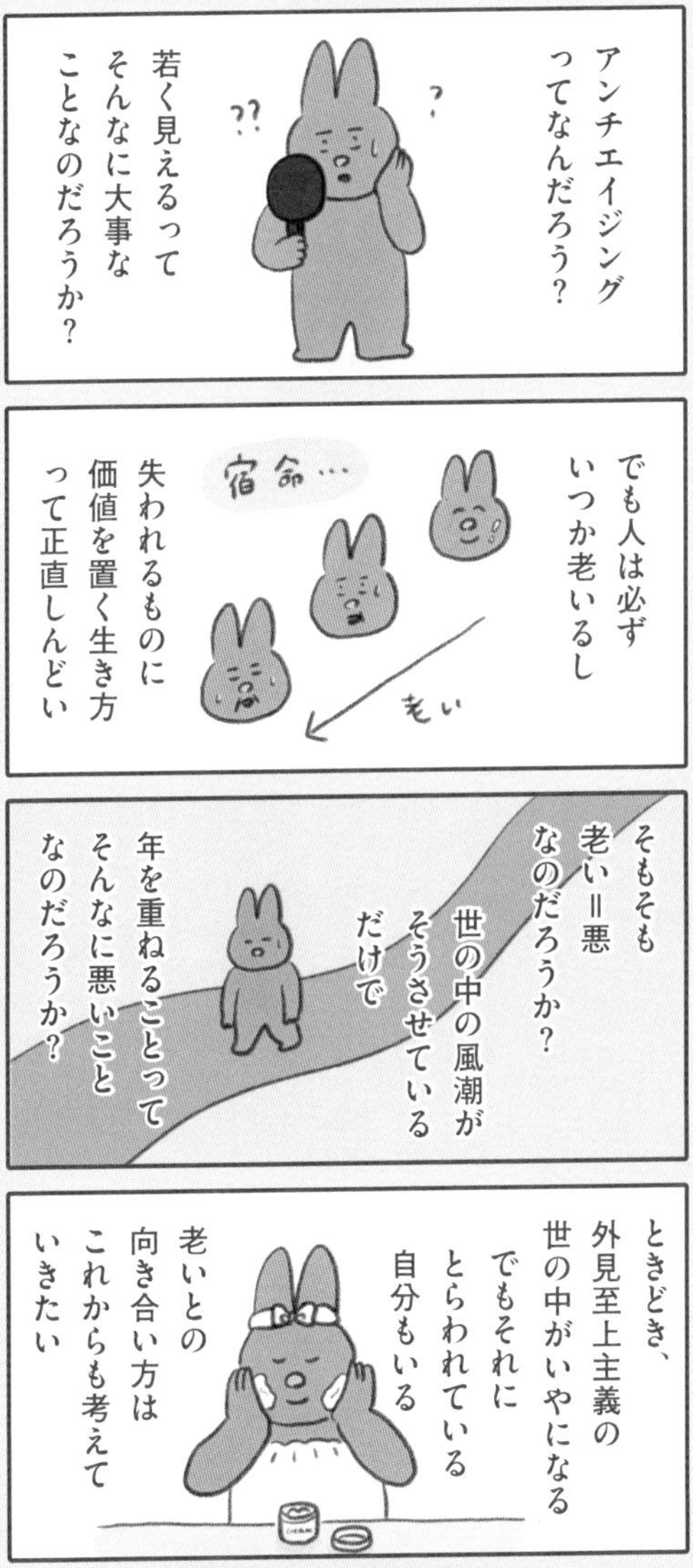
アンチエイジング
ってなんだろう？
若く見えるって
そんなに大事な
ことなのだろうか？
でも人は必ず
いつか老いるし
宿命…
老い
失われるものに
価値を置く生き方
って正直しんどい
そもそも
老い＝悪
なのだろうか？
世の中の風潮が
そうさせている
だけで
年を重ねることって
そんなに悪いこと
なのだろうか？
ときどき、
外見至上主義の
世の中がいやになる
でもそれに
とらわれている
自分もいる
老いとの
向き合い方は
これからも考えて
いきたい

成長ってなんだろうと考えたときに

昔から、「成長したい」と語る人の言葉がピンとこなかった。就職活動で志望動機を語る際も、まるでスーパーの値札のシールでも貼り付けたかのようにみんなが口を揃えて言っていた。

「御社で自分が成長できると思い、志望いたしました」

正直、わからなかった。成長って、ある瞬間立ち止まり、振り返ってみたときに、「成長していたな」と感じるものであって、最初からそれ自体が物事の目的や動機になるようなものなのか？

そういう感じだから、仕事で結果が出なかったときに「でも、これを通して成長できたじゃない」という慰めの言葉をもらっても、正直あまり心に響かなかった。そんな言葉より、具体的な結果が欲しかった。成長なんて曖昧な感覚でごまかさないでほしいと思っていた。でもそんな自分も、成長できてよかったなと思える経験をしたのである。

あるとき、自分のパートナーが、とある女性地下アイドルグループのファンであることを知った。そのアイドルは、一緒に写真を撮れるというチェキ会（撮影会）もやっており、次第にパートナーもその会に行くようになった。それが、自分でも信じられないくらいイヤだった。

パートナーを取られてしまうという現実離れした恐怖というより、自

分より若くて、キラキラした女の子を見て、劣等感を刺激されることがイヤだった。でもそんなの自分勝手だ。自分だって好きなアイドルはいるし、相手は何も悪いことなんかしていない。独占欲や嫉妬心から、他人の好きなものを奪う権利なんてない。

そんな自分がイヤだったので、パートナーがそのアイドルのライブに行くたびに、「楽しんできてね！」と明るい絵文字付きのＬＩＮＥを我慢して送っていた。でも、その後はいつも落ち込んだ。バカみたいだ。本音も言えず、なんて惨めなのか。悶々とする時間はしばらく続いた。

アイドルのライブを見て、心から感動している自分がいた

だがある日、限界が来た。その日は風邪で体調が悪かったというのもあって、怒りとつらさがないまぜになって、心のストッパーが外れてしまった。ライブに行くという本人を前に、メソメソと泣いてしまったのだ。そして、本当はずっとイヤだったと伝えた。パートナーは困惑していたが、後ろめたいものではないということを話してくれた。そしてどういうわけか、自分も次のライブに一緒に行くことになったのだった。

誘われるがまま、そのアイドルのライブ会場に向かった。正直、憂鬱

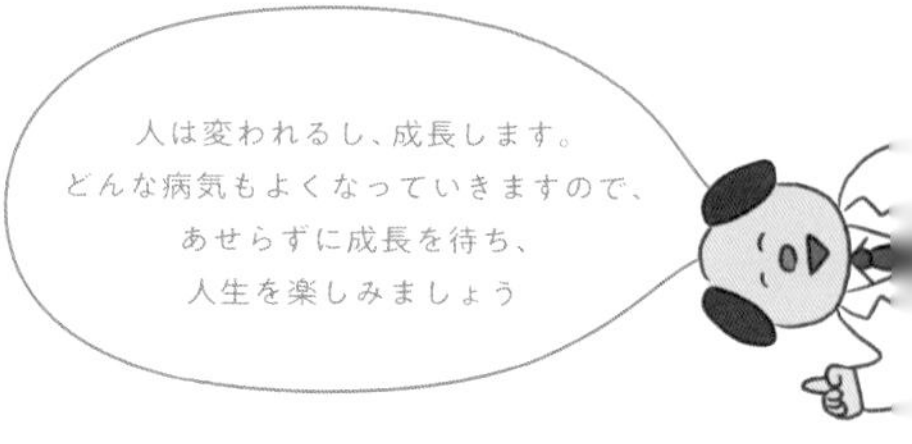

であった。楽しめなかったらどうしよう。またイヤな気持ちを抱いてしまい、相手にぶつけてしまったらどうしようと、内心不安になりながら、ステージがはじまるまでの時間を待った。

いよいよライブがはじまった。爆音とともに、キラキラした衣装を身につけたアイドルたちがステージに現れる。全力で踊りながら歌い、決して笑顔を崩さないアイドルたち。なんてまぶしいのだろう。観客を全力で楽しませようとするその姿からは、プロとしての矜持《きょうじ》を感じた。かわいいな。素敵だな。偽りのない感情でそう思った。むしろ自分も好きだと思えた。ファンになった。そして、そう思えた自分にびっくりして、まるで除霊でもするかのように全力でペンライトを振っていた。

料理がうまくなった、絵がうまくなった、仕事で結果を出せた。人にはいろんな「成長」がある。でも、内面の問題と向き合い、それを乗り越えることも「成長」であり、喜びを感じられるのだと知った。

自分の場合は、アイドルのライブに行って、アイドルを心からかわいいと思えたことに過ぎない。側から見たら、成長でもなんでもないのかもしれない。でも、あのとき、自分は明らかに殻を破り、成長できたなと感じた。そして、そんな自分のことが前より好きになれた気がした。

アイドルコンサート
まるで除霊のように
嫉妬してすみませんすみませんすみませんすみません…
ブン
ウワーッ
ペンライトを振った…！
ブン
ブン

一歩も外に出なくても幸せと感じたい

「いちばん好きな言葉はなんですか？」と聞かれたら、「『惰眠を貪《むさぼ》る』です」と答えるくらい寝ることが大好きである。

一日の終わりにぐっすりと眠るのも大好きだし、お昼ごはんを食べた後に猫と一緒にうとうとするのも大好きだ。隙あらばだいたい寝ているし、猫より寝ているときもあるので、日本人の平均睡眠時間よりだいぶ長く寝ていると思う。そして、そういう自分も悪くないなと思っている。

でもときどき、そんな自分も寝ることに少し罪悪感を抱いてしまうことがある。それは、人間の一生は短いという考え方に触れるときだ。

日々を大切に生きるための教訓として、人間の一生の時間をたとえに出すことがある。人間の一生は、90歳まで生きるとして約３万３０００日であり、時間にすると約78万８４００時間である。だから一日一日を無駄にせず、日々を大切にして生きようという考え方である。自分も至る所でよく見聞きするし、本当にその通りだなと思う。でも、その考えにとらわれすぎると、自分の場合、ひどく落ち込んでしまう。

というのも、人間の一生は短いのに、なんで今日も自分は布団の中で寝ているのだろう、と罪悪感のような気持ちに襲われてしまうからだ。

特に、外が晴れている日はその気持ちに拍車がかかる。世間的にも、

晴れているのに出かけないなんてもったいないとされることが多いし、こんなに天気がいいなら、外に出て人と会って、いわゆる「充実」した一日を過ごさなければいけないのかなと、不安になってしまう。

寝ることが大好きなのに後ろめたいなんて悲しすぎる

さらに自分の場合、ときどきやってくるうつにより、起きていたくても寝ているしかないときがあり、そんなときにその考えを思い出すと、絶望的な気持ちになる。休みたくても心から休めないし、寝ることが大好きなのに、ものすごく悪いことをしているような気分になる。特に働き者の日本人は、その傾向が強いのではないだろうか。

以前、休職中にベトナムに旅行に行ったときに、平日の昼間からハンモックやバイクの上でぐうたら寝ているベトナムの人をたくさん見て、驚いたことがあった。思わず現地のガイドさんに「なぜ、昼間からあんなに寝ているのですか?」と聞いたら、「眠イカラダヨ〜」と、そんなの当たり前でしょう? というニュアンスで笑いながら返されて、さらにびっくりした。もちろん全員がそうではないと思うが、寝ることや休むことが当たり前のこととして、人々の生活に溶け込んでいるように感

じた。なんだか無性にホッとして、居心地のよさを感じたものである。

それに、そもそも「充実」ってなんだろう。世間的に言われるところの「リア充」として、毎日さまざまな場所を訪れ、たくさんの人に会い、一見充実した一日を過ごしているように見える人もいる。でも、そういう人に限って、気持ちとは裏腹に、自分は何をやっているのかと日々虚しさを募らせているという話を聞いたことがある。それは、なぜだろう。

きっと、真の「充実」とは、行動の量ではなく、心の満足度の中にあるからではないだろうか。人生とは、要は自分が使える時間のことである。時間は物理的で客観的なものであるのに対し、自分が幸せだと感じる気持ちは自分にしかわからない。たとえそれが寝ることであったとしても、今日もたくさん寝られて幸せだなぁ、いっぱい休めてよかったなぁと感じたのなら、確かにそこに充実はあると思うし、そんな一日を過ごせたのなら、誰がなんと言おうと、今日も幸せで有意義な一日を過ごせてよかったなと思ってもいいのではないだろうか。

どんなに晴れていようと、一歩も外に出ることなく、家の中でのんびりできた自分に幸せを感じていたい。大切なのは、本当は何を求めているかを知ることだ。これからも、寝ることが大好きな自分でいたい。

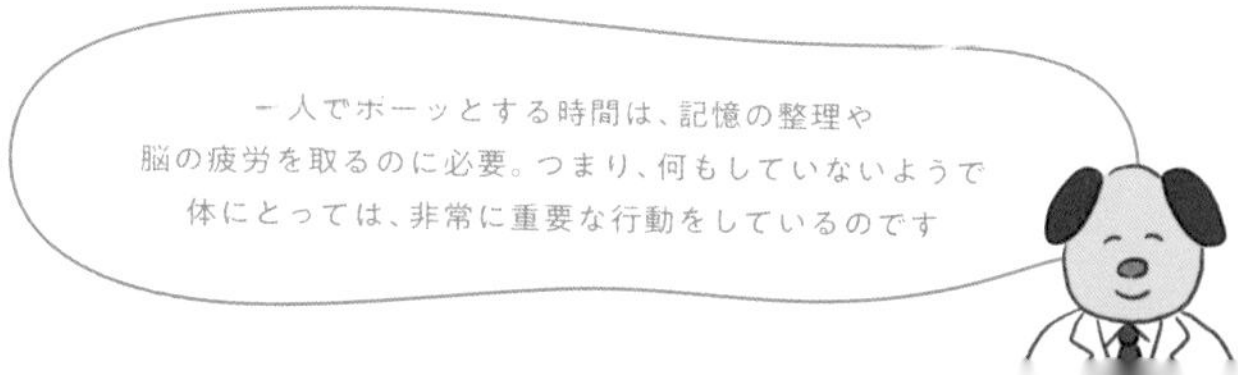
一人でボーッとする時間は、記憶の整理や
脳の疲労を取るのに必要。つまり、何もしていないようで
体にとっては、非常に重要な行動をしているのです

人と会って気を張って過ごす時間よりも
ア、アハハー
うまく笑えない…

一人でボーッとする時間が幸せ
のんびり大好き〜

ただ存在するという尊さについて

3匹の猫と暮らしている。どの猫も本当にかわいい。ごはんを食べていても、眠っていてもかわいい。トイレを失敗しても、髪の毛を引っ張られても、カーテンをボロボロにしても、結局、何をしてもかわいい。ある日、洗いものをしているときに、パッと振り向いたら猫がいた。「あら、いたの？　かわいい」と思わず口にして、ハッとした。

いるだけで、かわいいんだ、と。つまり、存在がかわいい。尊い。人間の赤ちゃんもそうかもしれない。そこにいるだけで、かわいい。さらに、食べられた、歩けた、トイレができたなど、何をしても褒められる。

でも人間は年齢を重ね、社会的動物になっていくに従い、どんどん褒められなくなっていく。できることが当たり前で、できないことは咎《とが》められる。ただいるだけでかわいくて、あんなに尊い存在だったのに。

そりゃ、猫や赤ちゃんと比べること自体が間違っているのかもしれない。でも本質的には、人間はいくつになっても、ただ存在するだけでかわいくて、尊いものなんじゃないかと思う。地位、名誉、美貌、お金。あったらいいけど、それはおまけだ。おまけにそこまで悩まなくていい。

存在するだけで尊い。いていいのではなく、いること自体がすばらしい。それが前提であり、生きものを貫く本質であると思っている。

人間は
もちろん
動物も
虫も
植物も
ただ
存在している
だけで尊い

共感は何よりの薬である

日々、ＳＮＳで自分のうつや心の悩みについて発信していたら、同じような悩みを抱える方たちとたくさんつながれるようになった。

ＳＮＳでは、ふだんは恥ずかしくて言えなかったり、誰にもわかってもらえなかったりするような悩みに対し、共感の言葉をもらえる。そして、同じ悩みでつながれた人たちの発する言葉の中にもまた自分がいる。その経験、わかる。自分も同じように共感する。一人じゃないんだと思える。その連鎖が生まれる。なんてうれしいんだろうと素直に思う。

これはＳＮＳを通して知った感情だった。特に心の悩みは、なかなか人に話せない。でも実際は、多くの人が同じような悩みを抱え、誰にも言えないつらさを抱えていると知ったとき、安心に基づく大きな力をもらえたような気持ちになった。共感は何よりの「薬」であると感じた。

今まで、問題の対処法は具体的で現実的でなくちゃいけないと思っていた。でも今は違う。特に心の悩みに関する問題は、共感自体も立派な救済のひとつだと知った。共感力の高いＨＳＰ気質の人ほど、自分でも知らないところできっと誰かを救っているのだと思う。

生きづらさを感じているＨＳＰ気質の人は多い。でもその気質や性格に誇りを持ってほしいなと勝手ながら思っている。

人生の問題は、とても複雑に入り組んでいて解決困難であり、受け入れるor諦めるしか手段がないものもあります。諦めることを屈辱として受け入れるのではなく、仕方ないと納得して受け入れることができれば、と思います

共感という薬がある
つながってくれて
ありがとう

心を宝物でいっぱいにしたい

先日、引きこもり生活が急に憂鬱になって
孤独感、閉塞感、自分の人生このままでいいのだろうか感…
モヤモヤ…
〇〇駅 →
電車に乗って旅に出た
知らない電車って楽しいな…
車窓から海を見ていたら
隣に座る子どもたちの会話が聞こえてきた
私、あの海できれいな貝殻がたくさんとれる場所を知ってるの
秘密だけど今度教えてあげるね

なんだか
いいなぁ…
と思った
この小さな子どもたちは
既に自分の宝物の在処《ありか》を
知っている
自分の生きる
世界なんて小さい
それはきっと
マッチ箱くらいの
MATCH
でもそのマッチ箱の中に
自分だけが知っている
宝物を詰め込めたらいい
アイス
おいしー
生きるってそういう
ことなのかもしれない

おわりに

昔から、なんでこんなに生きづらいのだろうと悩むことが多かった。朝、挨拶をしようとして、「お、おはようございます」と少し噛《か》んでしまった。そのことを一日中気にして、落ち込んでしまう。挨拶ですらそうなのだから、会話なんてしたら結構ダメージを負う。あのとき、もっとああ言えばよかったかな、ちゃんと笑えていただろうか。家で一人反省会がはじまり、ぐったりと疲れながら一日が終わる。

　みんなそうなのかな？　みんな生きているだけで疲れているのかな？　そう思っていた。

　でもある日、知人に自分の悩みを打ち明けてみたら、「普通の人はそこまで考えたりしない。あなたってＨＳＰ気質だと思う」と言われた。あらゆることが腑《ふ》に落ちた。今まで、気にしすぎたり、音が怖かったり、考えすぎたりしてしまうのも、内心、心肺機能だったり、自分の頭がどこか変なのかと思って怖かった。気質の問題であったのか……。

　言葉ってすごい。新しい言葉を知り、経験とつながったとき、それまで表現できなかった感覚が、一気に輪郭がくっきりし、形となって現れる。ヘレンケラーが水に初めて触れたとき「ウォーター……！」と言ったように、「ＨＳＰ……！」と心から口にしたい気持ちになった。

と、同時に、こういう気質で自分と同じように生きづらさを感じている人がたくさんいるのかと思うと、なんだか悲しい気持ちにもなる。

そもそも、生きづらさってなんだろう。

自分の過去を振り返ったときに、おそらくこの気質ゆえのたくさんの悩みがあった。でも、その悩みの数だけ、自分でも驚くほどその景色をはっきりと覚えている。悩んだり、落ち込んだりした感情の大きさに比例するように、まるで写真を撮ったかのように、そのシーンをありありと思い出せる。あとで知ったことなのだが、どうやら、心を大きく動かされる出来事ほど記憶に定着しやすいらしい。

生きていると、いろんなことを忘れてしまう。

いいことも悪いことも、悲しいことも。それにより救われることも当然あるが、でも、たとえそれがどんな思い出であっても、経験のひとつひとつはその人にしか築けない、大切な財産だと思う。

ＨＳＰ気質の人は、もしかしたら思い出のフォトアルバムをたくさん持つことができる人たちなんじゃないかなと思っている。

２０２３年秋　なおにゃん

解説 HSPの根底にはさまざまな病が隠れているかも

早稲田メンタルクリニック院長　益田裕介

HSP（Highly Sensitive Person）という言葉は、医学的な用語のように思われることが多いですが、実際はそうではありません。また、HSPの概念には非科学的な側面も混在しています。

「HSP」の基盤となっているのは、「感覚処理感受性」という心理概念です。人は感覚の過敏さに違いがあり、特に過敏な人たちは他者と比べて生きづらさを感じることが多いです。成長の過程で、これらの人々はさまざまな特徴を持つようになります。これは長所である場合もあれば、欠点として現れる場合もあります。しかしその特徴が何であるかは、その人の環境や性格によって異なるため、HSPというひとつの概念でひと括《くく》りにするのは適切ではありません。

HSPという言葉が広く知れ渡ったことで、よい面もありましたが、悪い面もありました。

よい面とは、人々にメンタルヘルスへの関心を呼び、生きづらさを抱えてきた人にある種の答えを用意できたこと。なおにゃんさんも、この言葉で救われた人の一人ですね。

一方、悪い面とは、人々に誤解を与え、生きづらさを抱えてきた人たちから医療や福祉を遠ざけてしまうことで、彼らが不適切なビジネスに取り込まれてしまったことです。

益田裕介
精神保健指定医、精神科専門医・指導医。防衛医大卒。防衛医大病院、自衛隊中央病院、自衛隊仙台病院（復職センター兼務）、埼玉県立精神神経医療センター、薫風会山田病院などを経て、早稲田メンタルクリニック院長に。オンライン自助会やメンタル系YouTuberの会を主催している。

ＨＳＰという概念がビジネスとリンクすることで、多くの人々に注目されるようになりました。それを通じて、専門家ではない人のカウンセリングや生き方のアドバイスを受けることに、大金を支払うことが増えています。

実際に医療の支援を必要とする人々が、こうしたビジネスの世界に取り込まれてしまうと、適切な医療を受ける機会を失うこともあります。たとえば、過度の対人不安は、社交不安症や回避性パーソナリティ障害の兆候であり、薬物療法や認知行動療法などの治療法が有効です。また、強い不安を持つ場合は、うつ病や双極性障害、統合失調症の可能性が考えられます。これらの疾患は薬物療法により治療することができます。

薬は怖い、と敬遠する人もいますが、副作用に注意しながら適量を取り入れることで、悩みが改善することが多くあります。さらに、感覚過敏は神経発達症（発達障害）の特徴であり、適切な治療を受けることで症状が改善されます。

いずれの疾患でも、医療とつながることで、行政によるさまざまな福祉支援を受けられる可能性があります。ですから、「自分はＨＳＰだからつらいのかな？」と感じ、どうしても生きづらくなったときは、我々のような精神科医に相談することも視野に入れていただけたらな、と思っています。

なおにゃん

茨城県生まれ。北海道大学文学部卒業後、出版社に就職。絵本の編集に携わるが、職場環境に合わず、うつと診断され、休職。退職後はフリーランスの絵本作家として活躍。2020年よりX（旧Twitter）でうつ病や生きづらさに関する投稿をはじめたところ反響を呼び、現在フォロワー数22万人超（2023年10月現在）の人気アカウントに。著書に『100年後にはみんな死んでるから気にしないことにした』『うつ逃げ　～うつになったので全力で逃げてみた話～』（ともにKADOKAWA）、『心の不安がスッと消える うつ吸いイラスト帳』（永岡書店）がある。
https://twitter.com/naonyan_naonyan

今日《きょう》も一歩《いっぽ》も外《そと》に出《で》なかったけどいい一日《いちにち》だった。

気《き》にしすぎさんが自分軸《じぶんじく》を作《つく》るまで

2023年11月9日　初版発行
2024年6月5日　4版発行

著者／なおにゃん
発行者／山下 直久
発行／株式会社 KADOKAWA
〒102-8177　東京都千代田区富士見 2-13-3
電話 0570-002-301（ナビダイヤル）
印刷所／大日本印刷株式会社
製本所／大日本印刷株式会社

【お問い合わせ】
https://www.kadokawa.co.jp/（「お問い合わせ」へお進みください）
※内容によっては、お答えできない場合があります。
※サポートは日本国内のみとさせていただきます。
※Japanese text only
定価はカバーに表示してあります。

ISBN 978-4-04-897645-9 C0095